CLUBEDOSLEITORES
DEHISTÓRIASTRISTES

LOURENÇO CAZARRÉ
Ilustrações
CÁSSIO LIMA

CLUBE DOS LEITORES DE HISTÓRIAS TRISTES

Selecionado para o PNLD-SP 2005

1ª edição

Conforme a nova ortografia

Copyright © Lourenço Cazarré, 2004

Gerente editorial executivo: ROGÉRIO CARLOS GASTALDO DE OLIVEIRA
Assistente editorial e preparação de texto: KANDY SGARBI SARAIVA
Secretária editorial: ANDREIA PEREIRA
Suplemento de trabalho: ROSANE PAMPLONA
Coordenação de revisão: LIVIA M. GIORGIO
Gerência de arte: NAIR DE MEDEIROS BARBOSA
Supervisão de arte: ANTONIO ROBERTO BRESSAN
Projeto gráfico: GISLAINE RIBEIRO
Capa: ESTÚDIO GRAAL
Ilustrações: CÁSSIO LIMA
Diagramação: GISLAINE RIBEIRO e HAMILTON OLIVIERI
Produtor gráfico: ROGÉRIO STRELCIUC
Impressão e acabamento: FORMA CERTA

Dados Internacionais de Catalogação na Publicação (CIP)
(Câmara Brasileira do Livro, SP, Brasil)

Cazarré, Lourenço, 1953-
    Clube dos Leitores de Histórias Tristes / Lourenço Cazarré ; ilustrações de Cássio Lima. — São Paulo : Saraiva, 2005. — (Coleção Jabuti)

    ISBN 978-85-02-04779-2

    1. Literatura infantojuvenil I. Lima, Cássio. II. Título. III. Série.

04-7092   CDD-028.5

Índices para catálogo sistemático:

1. Literatura infantojuvenil   028.5
2. Literatura juvenil   028.5

11ª tiragem, 2022

Av. das Nações Unidas, 7.221 – 2º andar
CEP 05425-902 – Pinheiros – São Paulo – SP

SAC | 0800-0117875
    | De 2ª a 6ª, das 8h às 18h
    | www.editorasaraiva.com.br/contato

Todos os direitos reservados à Editora Saraiva

201261.001.011

1 O Cartaz no Fim do Corredor

Tudo começou num início de ano escolar.

Todo mundo sabe a loucura que é um primeiro dia de aula. Depois de dois meses de férias, a garotada volta a mil, morrendo de saudade dos amigos. Cada qual tem mais histórias para contar: viagens, praias, campos, serras, espantos, descobertas e namoros.

Roberto Santini pensava nisso enquanto observava a movimentação no pátio. Tinha boas histórias das férias para contar, mas não conhecia ninguém ali. Era novato na escola. O que de mais interessante tinha para relatar era justamente a mudança para aquela cidade, decidida meio às pressas por seus pais.

Aos doze anos, Roberto era de estatura média, bem mais gordo que magro. Seus olhos azuis, que se movimentavam risonhos, pareciam querer registrar tudo que viam. Seu rosto, pálido e redondo, estava sempre pronto para se abrir num sorriso.

"Nos próximos dias, quando a poeira baixar, eles não estarão tão agitados e, aí, eu poderei falar com eles", pensou Roberto. "Então, contarei que estou chegando de São Paulo, uma cidade tão imensa que é preciso cinco horas para atravessá-la em linha reta, andando de carro e em boa velocidade. Vou dizer que lá existem mais *shopping centers* do que talos de grama num campo de futebol, e eles vão ficar de boca aberta. Aqui, nesta cidade, vou ter alguns amigos. Não muitos, mas bons amigos. Vamos voltar a pé para casa na hora do almoço. Se tiver latas pelo caminho, chutaremos. No fim de semana, iremos juntos ao cinema. Mas hoje eu não vou falar com eles. Vou deixar que coloquem seus assuntos em dia."

Cabisbaixo, mergulhado nessas divagações, Roberto atravessou o saguão da escola. Caminhava sem rumo, ia por onde lhe conduziam os pés, seguia na direção para a qual seu nariz apontava. E, assim, chegou ao final de um corredor. Estava fazendo meia-volta quando viu afixado à parede um cartaz de cartolina que anunciava:

CLUBE DOS LEITORES DE HISTÓRIAS TRISTES

ABRA SEU CORAÇÃO

Você gosta de ouvir e de contar histórias?
Se está disposto a empregar uma manhã por
semana para escutar e narrar melancólicas
aventuras de amor, mistério ou terror,
procure a secretaria da escola.

REUNIÕES AO AR LIVRE.
AO FINAL, NÃO SERÃO CONCEDIDOS DIPLOMAS.

Inscrições só nesta primeira semana.

INFORMAÇÕES COM DONA ROSA.

2 MAU HUMOR PERMANENTE

Roberto dirigiu-se à secretaria da escola:

— Que história é essa de abrir o coração? — perguntou ele à mulher que estava por trás do balcão. — Se abrir meu coração, ele não vai apanhar sujeira?

A secretária da escola, Rosa Espíndola, 47 anos, solteira, um metro e cinquenta e dois, baixou rapidamente o rosto e mirou, por cima dos óculos de leitura, o menino de rosto bolachudo.

Conhecida entre os alunos como Rosa Espinhenta, ela comandava a secretaria da escola havia vinte anos. Como fazia questão de ser considerada uma pessoa muito mal-humorada, tinha o hábito de sempre resmungar com os alunos:

— Ainda não sei o seu nome, mas já descobri que você faz parte do grupo dos engraçadinhos — disse a mulher.

O menino estendeu a mão aberta sobre o balcão:

—Aperte os ossos, dona. Sou Roberto Santini, sexta série B. Fico feliz quando as pessoas apreciam as minhas piadinhas.

De início, Rosa não soube o que fazer. Nunca um aluno havia estendido a mão para ela. Sua fama de rabugenta os mantinha à distância. Depois, ela ficou desconfiada. O menino tinha uma carinha zombeteira e bem que era capaz de ter um sapo escondido na manga da camisa.

Por fim, com muitos cuidados, apertou a mão dele e rosnou:

— Apresente-se, pirralho! Fale um pouco da sua vida.

— Estamos chegando de São Paulo. Meu pai é engenheiro e minha mãe é médica. Eles não aguentavam mais passar metade do dia dentro do automóvel. Então, vieram para cá a fim de esticar as pernas, caminhando. E a senhora, o que faz na vida além de usar óculos cortados pela metade?

Rosa sacou os óculos, ergueu o rosto e chiou:

— Você é muito folgado, moleque! Por muito menos esgoelei um no ano passado... Mas eu vou responder a você, porque hoje estou de bom humor. Os alunos me chamam Rosa Espinhenta, mas eu nunca feri ninguém. Sou encrenqueira, é verdade. Mas aprecio as boas piadas, aquelas que fazem a gente rir por dentro.

— Vamos ser bons amigos — Roberto sorriu.

Diante daquele sorriso, Rosa sentiu-se inclinada a falar:

— Minha família é imensa. Sou solteira, mas tenho três irmãs e um total de oito sobrinhos. Cada um é mais querido do que o outro. Todo dia, depois que saio da escola, vou à casa de uma das minhas irmãs...

Bruscamente, a secretária se calou. Tinha falado demais. Não era de se abrir com os alunos. Nunca fora. Mas aquele gorduchinho de olhos azuis era simpático.

— Você veio aqui por causa daquele tal cartaz, não é mesmo? Nada sei além do que está escrito ali. Tentei descobrir mais detalhes, mas não consegui. É um mistério! Você quer se inscrever mesmo assim?

— Claro!

Rosa pegou uma folha de papel pautado e escreveu — com uma caligrafia elegante — no alto dela: "Clube dos Leitores de Histórias Tristes":

— Escreva seu nome na primeira linha e assine ao lado. Mas não erre! Não rasure! Capriche na letra!

Enquanto Roberto escrevia, Rosa — que não parava um só segundo de trabalhar — virou de costas para ele e começou a ajeitar uns papéis em cima de sua mesa. Assim, ela nem viu quando ele se foi. Ao dar de cara com o balcão deserto, Rosa sentiu uma vontade doida de chamá-lo, mas se controlou. Era a primeira vez que simpatizava imediatamente com um aluno.

— Garoto danadinho — um sorriso desafivelou sua carranca eternamente amarrada.

3 ESTRANHOS, ESQUISITOS, DIFERENTES OU INCOMUNS?

No final da manhã de sexta-feira, o diretor da escola, professor Carolino Carvalho, quis ver a relação dos alunos inscritos no Clube dos Leitores de Histórias Tristes.

Muito intrigada com aquele assunto, dona Rosa entregou-lhe a folha pautada e disse:

— Sei que não deveria meter o meu bedelho, diretor, mas preciso lhe dizer uma coisa. Esse tal Clube dos Leitores de Histórias Tristes é um negócio esquisito.

— Esquisito? Como assim? — perguntou o professor Carolino, voltando-se para a secretária. Era um homem alto e encurvado, magro e muito agitado.

— Primeiro: o tal Clube vai funcionar ao ar livre. Imagine se um aluno pega sol demais ou chuva e adoece....

— Ar livre e natureza, dona Rosa, são sinônimos de saúde — retrucou o diretor, começando a se desinteressar do assunto.

— Segundo: os participantes não vão receber nem diplomas nem notas. Isso aqui é uma escola e nós sempre temos que avaliar o desempenho.

— Sinal dos tempos, dona Rosa. O Clube visa atrair os alunos para a leitura dos grandes clássicos. Será que se pode dar nota para uma coisa dessas?

Rosa observou o diretor. Era o mesmo sujeito de sempre, mas a voz dele estava soando diferente. "Será que está zombando de mim", perguntou-se ela, em silêncio. Mesmo assim, insistiu:

— Terceiro: quem vai comandar o Clube? Os alunos queriam saber quem vai chefiar a coisa, mas eu não soube responder.

— O mistério é um componente importante desse Clube, dona Rosa.

— Mistério?

— Quando perceberam que a senhora não sabia o nome da pessoa que dirigirá o Clube, os alunos ficaram ainda mais interessados — comentou o diretor, de cabeça baixa, assinando papéis. — A senhora também fez parte da nossa estratégia para atrair os alunos.

— Quer dizer que funcionei como isca?

Por uns minutos Rosa manteve-se calada, entre confusa e irritada. Ia de um lugar a outro da sala, sentava e levantava. Pegava uma pasta e logo a soltava. Abria um arquivo e em seguida o fechava.

— Sei que estou sendo chata, diretor, sei que estou atrapalhando o senhor, mas tenho que dizer uma coisa antes de sufocar.

Com um movimento rápido de pescoço, o homem voltou-se para Rosa, que disse, em voz baixa, olhando nervosamente para os lados:

— Prestei muita atenção nos estudantes que se inscreveram para o Clube. O que eu posso lhe dizer é que todos eles, sem exceção, são muito estranhos.

— Estranhos? — O homem pôs-se de pé com um salto. — Como assim? O que a senhora está querendo dizer?

— Os alunos inscritos são um tanto... incomuns.

— Incomuns? Como assim? Não, não temos alunos incomuns, esquisitos ou estranhos aqui nesta escola. Todos são iguais. A senhora sabe muito bem disso!

— Claro que sei, diretor. Mas a verdade é que eles são... Não sei explicar direito.

— Bem, se a senhora não sabe explicar direito, eu não posso entendê-la direito — disse ele, impaciente.

— Para ser bem franca e honesta, diretor, a verdade é que eu nunca vi, juntos, tantos meninos e meninas diferentes. A começar pelo primeiro a se inscrever, Roberto Santini. Depois, veio um bem magrinho e mirrado, um moreninho que tem os dentões espetados.

— Vou insistir num ponto, dona Rosa — um tique nervoso sacudiu o rosto do diretor. — Aqui todos são iguais: têm entre um e dois metros de altura e pesam entre trinta e cento e cinquenta quilos.

— Desisto de tentar entender — murmurou Rosa. — Posso até ficar maluca.

Rapidamente, o diretor deixou a sala da secretaria. No corredor, não conseguiu controlar o riso. Jamais esqueceria a cara de espanto de Rosa quando ele falou aquelas coisas sobre altura e peso.

4 ENCONTRO COM A CONTADORA DE HISTÓRIAS

No dia marcado (sábado), na hora combinada (às dez da manhã), no local indicado (debaixo da mangueira do pátio da escola), reuniram-se os seis inscritos no Clube.

Então, uma das portas envidraçadas do pátio da escola se abriu e deu passagem a uma mulher. Enquanto ela caminhava na direção deles, com passos largos e rápidos, os estudantes tiveram tempo de observá-la. Era mais alta do que a maioria das mulheres. Trajava calça jeans e uma blusa de malha. Nos pés, sandálias de couro com solado de borracha.

Quando a mulher parou diante deles, já na sombra da árvore, viram que o rosto dela era harmonioso. Tinha grandes olhos negros, encimados por sobrancelhas cerradas. A boca era grande, rasgada, de lábios bem delineados, mas o nariz era delicado.

A mulher que ia dirigir o Clube dos Leitores de Histórias Tristes parecia ter uns trinta e poucos anos, mas o seu cabelo não condizia com o rosto. Liso, cortado bem curto, era grisalho. Para falar a verdade, mais branco do que grisalho.

— O meu nome é Olga — anunciou ela. — Olga Krapowski. Como vocês já devem ter adivinhado, eu sou a inventora do Clube dos Leitores de Histórias Tristes.

— Pra que tanto suspense? — perguntou uma menina loira, de cabelos presos num rabo de cavalo. — Por que a senhora não colocou logo seu nome no cartaz? Esperar uma semana pra conhecer a senhora foi demais. Quase morri de curiosidade!

Henriqueta Krüger, a Quêta, 13 anos, era a mais alta das meninas da sétima série A. De nariz sardento e arrebitado, ela era famosa na escola por ser encrenqueira.

Gostava de bate-boca. Numa discussão, nunca deixava a última palavra para o outro. Não calava o bico nem mesmo para os meninos mais parrudos da oitava série.

Um ligeiro sorriso passou pelo rosto da mulher.

— O mistério fará parte da nossa convivência — disse ela. — Vocês já sabem meu nome, viram meu rosto e escutaram a minha voz. Mas, mesmo assim, vou permanecer um enigma pra vocês. Por mais que venhamos a ser amigos, vocês não precisam saber muita coisa sobre a minha vida pessoal.

Os estudantes se entreolharam, intrigados.

— A senhora pode nos dizer, pelo menos, se é casada, se tem filhos? — insistiu Quêta.

— Sou a pessoa que vai ajudá-los a criar o Clube de Leitores de Histórias Tristes e isso já é informação demais — respondeu Olga. — Nos veremos todos os sábados, mas em locais diferentes. Para o primeiro encontro escolhi o pátio da escola porque vocês estão acostumados com ele. Depois, vamos pra rua. Cada história exige um local diferente e uma voz diversa para ser narrada.

— Essa mulher é maluca — sussurrou Roberto Santini para o garoto franzino que estava sentado do lado dele.

Pedro Luís, o Pedrisco, tremeu dos pés à cabeça.

Divertindo-se com aquela reação, Roberto acrescentou:

— Além de louca de pedra, pode até ser uma assassina!

Pedrisco tremeu de novo, com maior intensidade. Aos onze anos, ele era o melhor jogador de futebol das quintas séries. Muitos o consideravam o maior craque da escola. No futebol, Pedrisco era valente, não temia canelada. Mas quando lia uma história de terror quase se borrava de medo.

— Agora, apresentem-se vocês! Nome, idade, série na escola.

Intimidados, em voz baixa, mais resmungando que falando, todos se apresentaram.

— Pois bem, acomodem-se o melhor que puderem — comandou a mulher. — Vou ficar aqui, de pé, pra contar a primeira história. Afastem-se uns dos outros. Isso! Larguem-se e alarguem-se pelo chão. Espichem braços e

pernas. Esparramem-se. Recostem-se no tronco da árvore. Deitem-se. Pra curtir bem uma história, precisamos estar numa posição confortável.

Lentamente, os estudantes obedeceram. Não esperavam por aquele tipo de ordem.

Mariana e Letícia, ambas de doze anos, recostaram-se no grosso tronco da mangueira, mas só depois de examiná-lo bem para verificar se estava livre de aranhas ou formigas.

A magricela Letícia tinha uns belos olhos amendoados, tão negros quanto os seus cabelos, lisos e compridos. Era tão tímida que toda vez que era obrigada a ir à lousa exibia duas rodas vermelhas nas bochechas.

A robusta Mariana tinha uma bela cabeleira castanha, encaracolada. De pele acobreada, seu rosto era cheinho, mas harmonioso. Romântica, sonhadora, era apaixonada por, pelo menos, uns dez galãs de telenovelas.

O terceiro menino do Clube, Tiago, catorze anos, da oitava série, espichou-se de todo o comprimento — bota comprimento nisso! — no chão. Como media um metro e noventa e era o mais alto da escola, tinha um apelido à sua altura: Tiagãozão.

Roberto e Pedrisco permaneceram onde estavam, sentados lado a lado, ambos com as mãos para trás. Quêta ajeitou-se entre as grandes raízes da mangueira que afloravam à terra.

Acomodados, concentraram-se todos no rosto da mulher.

5 A Destruição de Todos os Livros

— Num futuro não muito distante, haverá um bombeiro chamado Guy Montag — começou Olga. — Toda noite, ele sai em companhia de outros bombeiros para visitar casas de pessoas suspeitas de possuírem livros. Se encontram livros, os bombeiros queimam todos com jatos de fogo.

— Cacetada! — gemeu Pedrisco.

— Guy é casado com uma mulher chamada Milly, que não trabalha. Ela passa o dia todo em casa conversando com as paredes. No futuro, cada parede de sala terá uma televisão que conversará com o espectador. Que tipo de coisas ela fala com as paredes? Troca frases banais. "O dia está lindo, não?", "Você acha que vai chover hoje?", "Veja esta blusa que comprei ontem!" Bem, apesar de ter as paredes falantes, Milly vive triste.

Olga fez breve pausa na narrativa e seus olhos foram de um jovem a outro, avaliando o grau de interesse deles. Satisfeita com o resultado, continuou:

— Uma noite, quando voltava pra casa, o bombeiro encontrou uma garota caminhando pela rua. Ele estranhou aquilo porque, no futuro, as pessoas não mais caminharão pelas ruas, muito menos à noite. A garota, que se chamava Clarisse, disse a Guy que gostava muito de conversar. Contou-lhe que conversava com seus pais e tios. O bombeiro ficou espantado com aquilo porque no futuro ninguém conversará mais.

— Que tédio! — comentou Quêta, em voz baixa. — Garanto que vou morrer engasgada com tanta palavra presa na garganta.

— Certo dia, Guy recebeu ordem de queimar os livros de uma velhinha — continuou a narradora. —A pobre mulher defendeu seus livros com tanto vigor que o bombeiro ficou impressionado. Aí, ele se perguntou: o que há de tão importante nos livros que as pessoas arriscam suas vidas por eles? Então, o bombeiro, que andava muito estranho desde o encontro com Clarisse, resolveu apanhar um livro.

— Igual a livro, só bola! — comentou Pedrisco.

— Milly notou que seu marido andava pensativo. Ela não compreendia como ele não era totalmente feliz já que tinha um emprego e ganhava bem. Aí, ficou preocupada, com medo de que ele fosse demitido.

Olga continuou:

— Pois bem, no quartel dos bombeiros havia um cão mecânico com oito patas de aço, programado para odiar as pessoas diferentes, principalmente as que amavam livros. Na ponta do focinho, o cão mecânico tinha uma agulha que injetava veneno nas suas vítimas. Desde a noite em que Guy conheceu Clarisse o cão passou a rosnar para ele. O ódio do animal ia crescendo à medida que o bombeiro ficava em dúvida sobre a necessidade de queimar livros. Também o comandante dos bombeiros percebeu que havia algo de errado com Guy.

— Cacilda! — Pedrisco fez três vezes o sinal da cruz.

Sob a mangueira, os seis jovens estavam imobilizados. Não enxergavam nada. Não sentiam nada. Só tinham ouvidos para as palavras da misteriosa Olga Krapowski:

— Certa noite, quando Guy faltou ao trabalho, o comandante foi até a casa dele. O homem sabia que seus comandados, de quando em quando, entravam em crise e tinham dúvidas sobre a necessidade de destruir livros. Naquela noite, conversaram bastante e, na saída, o comandante deu a entender a Guy que ele deveria entregar os livros que tinha apanhado às escondidas. Depois da visita do chefe, Guy decidiu parar de queimar livros. Foi até a casa de um velho que lhe contou que havia muitas pessoas que se encarregavam de manter os livros intactos. Guy quis saber como eles faziam para guardá-los. O velho bateu com o indicador na cabeça e disse: nós decoramos os livros. Guy quis saber que tipo de pessoas faziam aquele trabalho. O velho explicou que eram pessoas que estavam à margem da sociedade, principalmente mendigos, que viviam ao longo das estradas e ferrovias, que dormiam em prédios abandonados. O velho disse: "Cada pessoa é um verdadeiro livro vivo...".

— Livro vivo? — espantou-se Roberto.

— Exatamente — assentiu Olga, voltando-se para o menino. — Cada mendigo era um livro. Um era o *Eclesiastes*, que é um dos mais belos livros da Bíblia. Outro era o *Dom Quixote*. Cada pessoa decorava um livro inteiro: as partes narrativas, os trechos descritivos e as falas das personagens. A missão de todos eles era evitar que os livros desaparecessem da Terra. Por isso, viviam escondidos, à espera de um tempo em que se voltasse a imprimir livros. Então, Guy Montag juntou-se a eles.

6 Mastigar Muitas Vezes, Ruminar

No silêncio que marcou o final da história, Olga Krapowski mais uma vez examinou o rosto dos estudantes. Viu que, ainda impressionados, remoíam silenciosamente a estranha história que haviam escutado.

Depois de um longo tempo, a mulher falou:

— A partir de hoje, vocês também farão parte da comunidade dos que amam os livros. Vamos estudar alguns contos, mas sem decorar. Os livros sempre estiveram ameaçados, desde que surgiram. Tiveram inimigos poderosos que, de vez em quando, mandavam queimar bibliotecas. Hoje em dia, os livros ainda continuam ameaçados...

— Por quê, fessora? — indagou Pedrisco, e com um rápido movimento do lábio superior tentou cobrir a dentadura exposta.

— Pelo avanço dos monitores. Agora, as pessoas passam horas diante da tevê e do computador e esquecem o prazer de abrir um bom livro.

— Qual é o nome desse livro que a senhora nos contou? — perguntou Mariana.

— *Fahrenheit 451.*

— Vá ter nome esquisito assim nos quintos do inferno! — exclamou Roberto.

— São dois os sistemas de medição da temperatura — explicou Olga: — o sistema Celsius, utilizado na maioria dos países, e o sistema Fahrenheit, usado nos países de língua inglesa. A 451 graus Fahrenheit, o papel de imprensa pega fogo, entra em combustão.

— Quem é o autor desse livro? — perguntou Tiagãozão.

— Ray Bradbury, um estadunidense. Escreve livros de ficção científica, mas o texto dele é muito poético.

— Cara, se tiver esse livro na biblioteca da escola, eu vou devorar — ameaçou Pedrisco.

— O que você achou da história, Henriqueta? — perguntou Olga à menina loira.

— Não sei se entendi bem.

— Ótimo! — aplaudiu a mulher. — Se você tivesse compreendido a história na primeira vez, poderia esquecê-la rapidamente. Temos que fazer com as histórias o que as vacas fazem com o capim: mastigar muitas vezes, ruminar.

— A história de hoje já acabou? — perguntou Mariana.

Olga voltou-se para a menina que estava riscando o chão com um graveto.

— Essa história maravilhosa não acabou nem vai acabar nunca. Ela continuará viva, cravada no coração de vocês. Imaginem só: um grupo de pessoas perseguidas, na maioria mendigos, que decoram livros para que eles não desapareçam! Pode existir missão mais importante? Aqui, modestamente, formaremos um grupo semelhante.

7 Na Televisão Tem Alegria Demais

— Por que o nome é Clube dos Leitores de Histórias Tristes? — quis saber Roberto.

— Tudo tem sua razão de ser... — Olga pigarreou e uma sombra de tristeza passou pelos olhos dela. — É um nome muito poético. Além disso, eu acho que as histórias tristes são as mais bonitas.

— Eu gosto é de humor — retrucou Roberto, incisivo. — A gente nunca vai ouvir uma história alegre?

— Calma! Tristeza e alegria sempre estão misturadas nas boas histórias. Eu preferi as histórias mais tristes porque vocês, hoje em dia, assistem a muita televisão, e nos programas de tevê as pessoas estão sempre rindo e gargalhando, gritando e pulando. Na televisão tem alegria demais. Alegria falsa, mas muita. Nos noticiários, os locutores sorriem até mesmo quando anunciam as piores catástrofes. Vamos remar contra a maré: cultivaremos a melancolia.

Todos os estudantes, ao mesmo tempo, trocaram olhares intrigados.

— Concordo com você — sussurrou Pedrisco para Roberto. — Essa mulher é meio doida mesmo.

Discretamente, Olga olhou o relógio e disse:

— Agora, vocês podem ir. Nos veremos no próximo sábado, às dez horas. Esperarei vocês na escadaria da catedral.

— Da catedral? — espantou-se Tiagãozão.

Lentamente, os estudantes começaram a se movimentar. Na verdade, não estavam a fim de ir embora. A história tinha sido curta demais para o gosto deles.

— A senhora podia contar uma outra história — comentou Roberto, depois de um demorado espreguiçar-se.

— Poder, podia. Mas não quero. Essa história tem de ficar sozinha aí no coração de vocês. É bom que ela passe, pelo menos, uma semana em total solidão. Depois, outras histórias vão se juntar a ela.

Com Roberto à frente, os jovens encaminharam-se para a porta envidraçada que dava para o corpo da escola.

Olga permaneceu em silêncio sob a árvore, observando-os. De repente, como se subitamente tivesse descoberto algo, ela gritou:

— Letícia!

Num movimento que parecia ensaiado, todos os estudantes se detiveram ao mesmo tempo e se voltaram para trás.

— Letícia, venha cá! — a mulher fez um gesto com a mão.

Bochechas em fogo, a magrelinha de olhos amendoados desatou a correr. Curiosos e enciumados, os outros acompanharam com o olhar a corrida da garota até onde se encontrava a contadora de histórias.

— Eu daria um dedo para saber o que dona Olga vai contar àquela menina exibida — disse Quêta.

— Exibida? — espantou-se Mariana. — Letícia é supertímida!

— Garanto que vão fofocar — retrucou a loirinha, de braços cruzados, batendo o pé no chão. — Não tô nem aí. Elas que conversem à vontade.

Ao ver que Olga fazia um sinal a Letícia para que sentasse nas raízes da mangueira, Roberto disse:

— *Vam'bora*, pessoal. Pelo jeito, vão conversar o resto do dia.

8 UMA CARÍCIA DISFARÇADA

— Muito bem — disse Olga a Letícia. — Aqui estamos só nós duas. Seus amigos estão se roendo pra saber o que vamos conversar.

A menina nada disse. Ainda ofegante pela corrida, observava o pátio deserto com um olhar perdido.

— Letícia é um belo nome — continuou a mulher. — Significa alegria em latim. Você é alegre?

— Sei lá! — exclamou a garota. E, em seguida, em voz baixa, acrescentou: — É só um nome que me deram.

— Chamei você por um motivo muito simples, Letícia. Quero que você conte a história do próximo sábado.

— Isso não! — com um pulo a menina pôs-se de pé. — Nunca! Eu morreria de vergonha!

— Legal! Se você morrer, eu ganho mais uma história triste para contar: A História da Menina que Morreu de Vergonha.

— A senhora está zombando de mim?

— Claro que não! Você vai contar a história só na semana que vem. Terá sete dias pra se preparar.

— Por que eu?

— Justamente porque você me pareceu a mais tímida. Se você vencer o desafio, será ainda mais fácil para os outros.

A garota refletiu por uns segundos antes de dizer:

— Não conto! De jeito nenhum!

— Calma! Todos os associados do Clube terão de contar uma história. Pra você, eu escolhi uma história especial, muito engraçada, mas também triste e um pouco violenta...

— O quê? — a menina arregalou os lindos olhos negros. — Triste e violenta? Eu só gosto de histórias alegres.

— Eu também, mas há um ditado que diz assim: o que seria do azul se todos gostassem do amarelo? Ora, se existe a alegria, logicamente tem de haver a tristeza. Onde há vida, é claro, também existe a morte.

— Concordo.

— Então, você vai contar a história?

— Não! O "concordo" foi para o ditado.

Sem dizer palavra, Olga levantou-se.

Letícia observou, de rabo de olho, aquela mulher intrigante. Estaria brava por causa de sua recusa? Caladas, atravessaram o pátio, passaram pela porta de vidro e avançaram pelo corredor escuro que as levou à portaria. Na rua, reencontraram o sol e continuaram a caminhada pela calçada. Aquele silêncio estava dando nos nervos da menina. Então, de repente, ela indagou:

— Como era mesmo a história que o senhora *queria* que eu contasse?

Botou muita entonação no verbo para que ficasse bem claro que ainda não havia aceitado o pedido.

— É a história de um menino corso...

— Cor o quê?

— Corso. Um menino da Córsega. Uma ilha que fica próxima da Itália, mas que pertence à França.

— Como era esse menino?

— Um menino muito... esperto.

— Quero saber se era bonzinho ou se era mau.

— Isso você só vai saber se contar a história — respondeu a mulher.

Na esquina onde se separariam, Olga abriu a bolsa e dela retirou um livro já muito manuseado.

— Leia um conto intitulado "Mateo Falcone". É uma história com muito suspense e um final surpreendente.

— Não estou prometendo nada... — hesitante, a garota estendeu a mão para pegar o livro.

— Até a semana que vem — os dedos de Olga correram pelo cabelo de Letícia, num movimento rápido e circular que era uma carícia disfarçada. — Na escadaria da catedral.

Quando a menina levantou os olhos do livro, Olga já estava indo embora. "Uma mulher muito estranha", pensou Letícia. "Mesmo quando faz graça seu rosto permanece triste. E por que não pinta os cabelos, como todas as outras mulheres?"

9 Um Novo e Inesperado Sócio

No sábado seguinte, os seis jovens reuniram-se num canto da larga escadaria da catedral.

Quando Olga chegou, pontualmente às dez, uma pequena mulher saiu de dentro do templo e se apresentou a ela:

— Eu sou Rosa Espíndola, a secretária da escola.

— Muito prazer — disse Olga, surpresa.

Os estudantes estavam ainda mais intrigados com a presença da Espinhenta ali.

— Tomei a liberdade de vir aqui hoje — Rosa falava depressa — porque gosto muito de histórias. Vivo comprando livros pros meus sobrinhos. Aí, pensei: por que não me associo ao Clube dos Leitores de Histórias Tristes? Posso aprender histórias lindas! A senhora me aceita como sócia?

— A senhora fez bem em aparecer, dona Rosa — respondeu Olga. — Mas, para ser aceita no Clube, a senhora precisa contar com o apoio dos demais sócios.

— Tem o meu voto — Roberto levantou rapidamente o braço.

Quatro outros jovens ergueram o braço, mas com menos vivacidade. Quêta manteve-se imóvel. Não ia com a cara da secretária, não tinha motivos para votar a seu favor.

— Aceita por maioria! — decretou Olga.

Rosa Espíndola rapidamente sentou-se junto a Roberto.

— Hoje, vamos ouvir uma bela história contada pela Letícia. — Olga voltou-se para a menina de olhos amendoados. — Você está pronta, querida?

Letícia fez um movimento de cabeça que tanto podia significar sim como não.

— Passe aqui para a frente que eu vou sentar no degrau — Olga deixou o lugar onde estava e acomodou-se ao lado de Tiagãozão. Depois, insistiu: — Vamos, Letícia. Em frente!

Com as bochechas em chamas, a menina deu um fundo suspiro e levantou-se. Com passos lentos, foi para o lugar antes ocupado por Olga.

O movimento de gente era pequeno por ali naquela hora. Só de quando em quando uma velhinha, com a cabeça coberta por um xale preto, entrava ou saía da catedral.

10 MATEO FALCONE

— Era uma vez, há muito tempo, um homem chamado Mateo Falcone — a primeira frase dita por Letícia saiu sofrida, trêmula. — Ele morava com sua esposa, Giuseppa, e seu filho Fortunato, numa chácara no interior da Córsega, que é uma ilha do mar Mediterrâneo. Os Falcone viviam do pastoreio de cabras. Num dia de outono, Mateo e a mulher saíram de casa a fim de olhar um dos seus rebanhos na floresta. Fortunato ficou em casa.

Aos poucos, as frases iam ganhando maior velocidade e o rosto de Letícia recuperava a cor natural.

— Depois da saída dos pais, Fortunato deitou na relva e ficou observando as montanhas. De repente, escutou tiros. Aí, ele se levantou assustado. Olhou na direção do barulho e viu que de lá vinha um sujeito de barba negra, vestido de trapos, com um gorro na cabeça. Caminhando com dificuldade, ele usava a espingarda como muleta. Havia caído numa emboscada da polícia e logo seria preso, porque já não conseguia correr. Quando chegou perto de Fortunato, o homem perguntou se ele era o filho de Mateo Falcone. O menino respondeu que sim.

Nessa parte, Letícia fez uma voz fininha para o menino e um vozeirão para o homem:

"— Sou Gianetto Sanpiero. Me esconda, porque não posso andar mais."

"— O senhor vai ter que esperar a volta do meu pai."

"— Me esconda, garoto, ou matarei você."

"— A sua arma está descarregada e não há mais balas na sua cartucheira."

"— Tenho uma faca. Vou degolar você!"

"— Mas só se o senhor me pegar antes. E o senhor não pode correr com a perna machucada."

"— Você nem parece filho de Mateo Falcone. Seu pai odeia a polícia. Você vai deixar que eles me prendam?"

"— O que eu ganharia se escondesse o senhor?"

"— Tome. Pegue esta moeda."

Os olhos de Letícia se fixaram por um segundo num garoto franzino, com uma caixa de engraxate às costas, que se sentou ao lado de Pedrisco. Depois, ela prosseguiu:

— Fortunato guardou a moeda e fez um buraco num monte de feno. O bandido se enfiou ali. O menino o cobriu com palha e por cima colocou uma gata com filhotinhos recém-nascidos. Pouco depois, chegaram seis policiais. O chefe deles era Teodoro Gamba, aparentado dos Falcone.

Um outro menino que passava diante da igreja — conduzindo um tabuleiro de balas — acocorou-se ao lado de Letícia e pôs-se a observá-la.

A menina voltou a imitar ora uma voz grossa, ora uma fina:

"— Bom dia, priminho Fortunato. Como você está grande!"

"— Eu? Ainda não estou da sua altura!"

"— Você viu um homem passar por aqui agorinha?"

"— Se vi um homem passar?"

"— Sim, um homem com um gorro."

"— Um homem com um gorro?"

"— Não repita minhas perguntas! Responda!"

"— Hoje cedo, passou por aqui o padre..."

"— Moleque, não se faça de bobo! Onde está Gianetto? Sei que passou por aqui e que você o viu."

"— Mas eu estava dormindo. Será que a gente enxerga quando está dormindo?"

"— Você não estava dormindo! O barulho dos tiros teria acordado você."

"— As espingardas de vocês fazem tanto barulho assim?"

"— Vá para o diabo, pirralho! Você pensa que sou idiota? As marcas de sangue acabam exatamente aqui!"

"— Meu pai vai ficar bravo quando souber que vocês me fizeram tantas perguntas."

"— Eu devia era dar umas palmadas no seu traseiro."

"— Olha que meu pai é Mateo Falcone!"

O baleiro abriu um saco de balas e ofereceu-as aos que estavam sentados na escadaria. Com sua voz normal, Letícia continuou a narrar:

— Depois de pensar um pouco, o chefe dos policiais mudou o modo de agir. Como gritos e ameaças não funcionavam com aquele garoto espertalhão, decidiu suborná-lo. Tirou do bolso um relógio de prata. Viu que os olhos de Fortunato brilharam de cobiça.

A menina voltou a alternar uma fala em voz grossa com outra em voz fina:

"— Malandrinho! Bem que você gostaria de ter um relógio desses."

"— É verdade."

"— Você quer este relógio?"

"— Quero. Mas acho que o senhor está brincando com a minha cara."

"— Eu lhe darei o relógio se você me disser onde está Gianetto."

Durante sete dias, Letícia achara que não conseguiria contar a história. Mas, naquele momento, não sentia mais o mínimo embaraço:

— Enquanto falava, o policial aproximava o relógio do rosto de Fortunato, que estava hipnotizado. Quando o relógio estava quase tocando a ponta do seu nariz, o menino estendeu a mão e o agarrou. Em seguida, sem dizer uma palavra, apontou com o polegar para o monte de feno.

O engraxate levava as unhas negras à boca toda hora, nervoso.

— O policial compreendeu o sinal de Fortunato — continuou Letícia. — Os guardas, então, derrubaram o monte de feno e acharam Gianetto, que foi amarrado. Aí, Fortunato jogou de volta para ele a moeda. Nesse momento, apareceram Mateo Falcone e Giuseppa, que voltavam do passeio. O chefe dos policiais foi na direção dele, de braços abertos.

A seguir, Letícia fez duas vozes grossas:

"— Olá, Mateo!"

"— Bom dia, primo. Fiquei preocupado quando vi tanta gente."

"— Acabamos de prender Gianetto Sanpiero. Ele se defendeu como um leão. Eu não o teria prendido sem a ajuda do Fortunato."

"— Fortunato? Fortunato te ajudou?"

"— Sim. Gianetto estava escondido no monte de feno junto à parede da tua casa."

"— Maldição!"

Olga sorriu. Sem querer, tinha acertado na escolha da narradora. Só naquele momento percebia o quanto era difícil contar aquela história, com tantas vozes diversas para representar.

— Enquanto Mateo falava com o policial, Fortunato saiu da casa com uma jarra de leite, que ofereceu a Gianetto. O bandido cuspiu e berrou: "Prefiro beber água suja oferecida por um policial a beber leite numa casa de traidores!".

Sem unhas na mão direita, o engraxate começou a roer as da esquerda.

— Os policiais partiram com o bandido preso, e Mateo Falcone ficou parado, muito pálido. Para ele, nada era mais importante do que sua honra. Por que Gianetto tinha falado em casa de traidores? Então, Mateo começou a observar o filho com raiva. De repente, viu uma corrente escapando da camisa do garoto. Nesse momento, Giuseppa puxou a corrente. Na ponta dela estava o relógio de prata. A mulher quis saber como o filho havia conseguido aquilo. O garoto disse que havia ganhado do policial. Aí, Mateo explodiu: "Este menino é o primeiro da nossa raça que cometeu uma traição!".

Pedrisco, Roberto e Tiagãozão, como se tivessem ensaiado, pararam de mastigar a jujuba ao mesmo tempo e ficaram de boca aberta.

— Mateo levantou-se do banco, colocou a arma no ombro e saiu em direção à floresta arrastando Fortunato, que chorava. Prevendo uma desgraça, Giuseppa correu até o marido, agarrou-o pelo braço e pediu que perdoasse o menino. Sem retrucar, Mateo continuou a caminhar. Chorando, Giuseppa abraçou o filho e depois correu para dentro da casa. Mateo e o filho entraram pela floresta. Caminharam uns duzentos metros.

Bastante rouca, Letícia tossiu antes de, mais uma vez, alternar vozes diferentes:

"— Fortunato, vá para perto daquela pedra e faça suas orações."

"— Pai, me perdoe! Eu não farei mais! Pedirei ao nosso primo que perdoe o Gianetto!"

"— Que Deus perdoe a ti!"

Letícia passou a mão pelo pescoço porque sua garganta estava ardendo. E, em voz baixa, concluiu:

— Quando Fortunato acabou de rezar o Pai-Nosso, Mateo Falcone apontou a arma para ele e fez fogo. O menino caiu morto.

11 No Fim Ele Vai se Dar Mal

Por longos minutos, todos ficaram em silêncio, pensativos, acabrunhados. Então, Olga se levantou e perguntou:

— O que vocês acharam da história?

O olhar dela percorreu todos os rostos ali reunidos: os seis estudantes, Rosa, o baleiro e o engraxate.

— Um horror! — gritou Quêta. — Essa é uma história muito tenebrosa!

— Cara, o menino era o Cão chupando manga! — acrescentou Pedrisco.

— Sinceramente, eu não sei se uma história assim deveria ser contada a uma garotada dessa idade — bufou Rosa, pondo-se rapidamente de pé. De tão indignada, tremia um pouco. — Um pai que mata um filho! Isso é história que se conte?

— Nunca vi menino tão ganancioso! — resmungou Tiagãozão, sacudindo a cabeça. — Vendeu o bandido pra polícia.

— Mas que o garoto era esperto, isso era! — exclamou Roberto. — Esperto até demais! Como sabia se fazer de idiota! Primeiro, enrolou o bandido. Depois, se divertiu com a cara dos policiais.

— O pai não precisava matar o filho — ponderou Mariana, depois de ajeitar a cabeleira com um golpe de cabeça. — Ele era ganancioso, sim. Tinha traído o bandido, sim. Mas isso não era motivo pra matar. Que homem desumano! Imagina se o menino tivesse uma namorada! Coitadinha, ia ficar sofrendo!

— Matar é uma coisa muito repulsiva — acrescentou Quêta.

— Mas e a história? — perguntou Olga, dirigindo-se ao baleiro e ao engraxate: — O que vocês acharam da história?

— Legal — respondeu o vendedor de balas, enquanto se levantava. — A gente fica torcendo pelo garoto, mas já sabe que no fim ele vai se dar mal.

— É isso aí — concordou o engraxate. — O menino era um *caguete*. A lei da bandidagem é "dedurou, morreu".

— Fiquei com pena da mãe do garoto — acrescentou o baleiro. — Lembra a minha mãe. Ela sempre perdoa o que a gente faz de errado.

— E o que a senhora acha dessa história? — perguntou Mariana a Olga.

— É uma história fascinante, que começa divertida e acaba trágica, como ocorre às vezes na vida.

— Quem é o autor da história? — quis saber Roberto.

— Prosper Mérimée, um grande escritor francês — explicou Olga.

Depois disso, a conversa se generalizou. Discussões acaloradas foram travadas naqueles degraus. Frases em voz alta eram atiradas de um lado a outro. Visto de longe, o grupo lembrava aqueles enlouquecidos compradores e vendedores de ações na bolsa de valores.

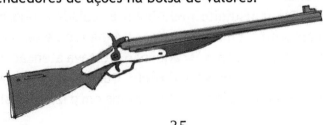

12 O Capote

No sábado seguinte, reuniram-se na escadaria da Prefeitura. Os degraus de mármore branco, ladeados por corrimãos de ferro, haviam sido lavados pouco antes e recendiam a sabão.

— Parece até que estamos num teatro grego — comentou Roberto, quando sentaram.

— Meus amigos — começou Olga —, hoje vamos escutar um maravilhoso conto russo, que se passa na época dos czares. Czares eram os imperadores da Rússia. Eles copiaram esse nome dos imperadores romanos, denominados césares. Pois bem, quem escreveu esta história foi um homem chamado Nicolai Gogol. Pra contar "O capote", escolhi o nosso companheiro Pedro Luís.

Pedrisco literalmente voou da escadaria para o lado de Olga. Seu rosto estava aberto num largo sorriso de orgulho, o que aumentava a exposição dos seus dentes graúdos.

— Credo, eu nem sabia que o nome desse garoto exibido era Pedro Luís! — resmungou Quêta, em voz baixa, para Letícia. — Ele precisa sorrir desse jeito arreganhado? A cara do danado só tem gengiva e dentão!

Feita a apresentação, Olga ia sentar-se, mas Pedrisco segurou-a pela mão. A mulher ficou parada ao lado dele, sentindo o calor de uma mãozinha úmida que tremia.

— Era uma vez, há muitos e muitos anos, um funcionário público chamado Acaqui Acaquievich — começou o garoto. — Era um sujeito meio boboca, caladão, que copiava documentos a mão. Trabalhava o dia todo e de noite levava trabalho para casa. Acaqui não prestava atenção nos colegas, que viviam debochando dele. Quando eles estavam incomodando demais, dizia: "Deixem-me em paz, irmãos!".

Pedrisco soltou a mão de Olga. Já estava se sentindo confiante porque tinha conseguido contar o primeiro trecho sem engasgar.

— Acaqui não entendia como podia haver tanta desumanidade no mundo. Pensava assim: "Se os meus colegas, que são educados, são desse jeito, imagine os outros!". Uma vez decidiram promover Acaqui. Mas ele teria de copiar na terceira pessoa do singular um documento que tinha sido escrito inicialmente na primeira pessoa do plural. Acaqui recusou a promoção. Queria só copiar.

Com um gesto de cabeça, Pedrisco indicou a Olga que se juntasse aos outros na escadaria, e continuou a narrar:

— Acaqui morava em São Petersburgo, a antiga capital da Rússia, uma cidade muito fria. Quando chegou o outono, Acaqui começou a sentir frio porque tinha só um capote antigo, puído, com o tecido já bem ralo. Um dia, ele resolveu pedir a Petrovich, o alfaiate, que colocasse uns remendos no capote. O alfaiate disse a Acaqui...

Com gestos firmes, Pedrisco exibiu uma roupa imaginária e imitou a voz irritada de Petrovich:

"— Isto não é um capote, Acaqui Acaquievich! É um monte de trapos. Não tem conserto. Vamos jogá-lo no lixo!"

Depois, fez a voz mansa de Acaqui:

"— Mas eu preciso consertá-lo, Petrovich. Senão, vou morrer de frio quando chegar o inverno. Como você sabe, ganho muito pouco..."

"— Não adianta, Acaqui. O pano está tão ralo que não vai segurar um remendo! Só há uma saída: fazer um capote novo."

"— Deus do céu, como é triste ser pobre numa cidade tão fria!"

"— Deixe de ser pão-duro, Acaqui! São apenas cento e cinquenta rublos."

Neste ponto da história, um sujeito alto e magro, vestindo um terno branco amarrotado, sem gravata, parou ao lado de Pedrisco. Barba por fazer, cabelo desgrenhado, ele tinha uma certa dificuldade para se equilibrar. Com os olhos incertos típicos dos bêbados, observou os que estavam sentados na escadaria. Depois, encostou-se no corrimão e mirou Pedrisco.

— Acaqui foi para casa pensando — continuou o menino. — Não tinha dinheiro para fazer um novo capote, mas o seu não prestava mais. Dias depois, voltou a falar com Petrovich, que reduziu o preço para oitenta rublos. Acaqui tinha em casa, no cofre, quarenta rublos em moedas. O resto pediu emprestado. Para pagar esse empréstimo, ele teria de viver ainda mais apertado. Não comeria mais à noite, não acenderia a luz e caminharia com cuidado para não gastar as solas dos sapatos.

— Era econômico que nem eu — disse o homem. — Só faço extravagância com cachaça!

Roberto e Tiagãozão riram daquelas palavras.

— O novo capote ficou uma verdadeira obra de arte — narrou Pedrisco. — No mesmo dia, Acaqui foi trabalhar com ele. Os colegas pediram que Acaqui pagasse uma bebida para eles em comemoração à compra do agasalho, conforme é hábito dos russos. Acaqui recusou-se porque precisava economizar. Os companheiros insistiram que ele fosse à casa de um deles, que estaria comemorando o aniversário. Acaqui não costumava sair à noite, mas acabou indo até lá.

— Me amarro em festa, desde que tenha birita, claro! — disse o sujeito do terno branco, ainda agarrado ao corrimão.

Roberto e Tiagãozão tornaram a sorrir, mas Quêta soprou por entre os dentes:

— Shiiii! Silêncio!

Concentrado, preocupado em não esquecer nenhum detalhe da história, Pedrisco foi em frente:

— Na festa, logo Acaqui ficou chateado. Embora não gostasse de beber nem de jogar cartas ou de contar piadas e quisesse ir embora, os colegas insistiram que ficasse mais. Por fim, perto da meia-noite, ele começou o retorno para casa. No início, ele caminhava muito feliz dentro de seu capote quentinho. Mas, à medida que deixava o centro e entrava em ruas mais escuras, passou a sentir medo. Então, aproximou-se de uma praça enorme.

— Aí vem problema — murmurou o homem, olhando de rabo de olho para Quêta.

— Bem no meio da praça deserta, Acaqui foi cercado por dois homens. Então, um deles, bigodudão, tomou-lhe o capote novo e ameaçou matá-lo se ele gritasse pedindo socorro. Em seguida, o outro bandido lhe deu um golpe na cabeça. Acaqui desmaiou. Quando acordou, correu até uma guarita iluminada e contou o roubo ao soldado que ali estava de plantão. O soldado respondeu que tinha visto ele e os homens no meio da praça, mas pensou que fossem amigos.

— A polícia nunca chega na hora boa — disse o homem magro.

— Shhhht! — Quêta levou o indicador aos lábios novamente.

Magoado, o sujeito espichou o beiço inferior, suas sobrancelhas desceram e ele pareceu prestes a chorar.

— Desesperado, Acaqui foi para casa. No dia seguinte, ele foi prestar queixa na delegacia. Esperou várias horas e só foi atendido depois de muita insistência. Distraído, o inspetor tomou algumas notas e, em vez de se preocupar com o roubo, fez perguntas a Acaqui:

Pedrisco colocou as mãos na cintura e imitou um vozeirão raivoso:

"— Por que o senhor voltava tão tarde para casa? Estava bêbado? Retornava de uma farra?"

O bêbado soltou-se do corrimão e, de dedo em riste, balançando-se, perguntou aos que estavam na escadaria:

— Quem aí confia na polícia?

A resposta veio de Quêta:

— Cala a boca, biriteiro!

Pedrisco se manteve firme na decisão de não dar atenção ao que poderia atrapalhar a sua narrativa e foi em frente:

— Acaqui faltou ao serviço e foi para casa, onde ficou vários dias de cama. Quando retornou à repartição, vestindo o velho capote esfarrapado, estava muito pálido. Ao saberem do roubo, os colegas insistiram para que ele fosse falar diretamente com uma alta autoridade. Acaqui foi pedir ajuda a um general. Acontece que, naquele dia, o general estava em companhia de um amigo. Aí, para mostrar que era um homem importante, o general fez Acaqui esperar horas e horas.

O homem de branco abriu a boca para fazer um comentário qualquer, mas, vendo um brilho feroz no olhar de Quêta, fechou-a de um só golpe, sem dizer uma palavra sequer.

Engrossando a voz, Pedrisco imitou o general:

"— O que deseja, senhor Acaqui?"

E, com voz suave, imitou o funcionário:

"— Eu? Bem, general... Vim para contar ao senhor que... Um capote novinho... Foi o que me aconteceu numa noite... Roubado sem dó nem piedade... Numa praça, perto de um posto policial... Um capote novo em folha."

"— Como? O senhor veio aqui para me incomodar por causa de um capote? Ponha-se daqui para fora! Já! Onde já se viu um pobre bicho vir torrar a paciência de um general só porque perdeu um capote? Fora! Tire esse seu traseiro magricelo da minha sala! Rua!".

Pedrisco interrompe a narrativa por um momento. O acesso de fúria do general lhe havia custado muito fôlego.

— Se fosse comigo... — o bêbado fechou a mão e ergueu o punho. — Se fosse comigo, o tal de general ia ter de engolir o xingamento junto com os dentes.

Para completar a sua demonstração de raiva, o homem desferiu um soco no ar. Foi um movimento excessivo para o seu equilíbrio precário e ele caiu sentado na calçada.

Dessa vez, todos os que estavam na escadaria riram.

Recuperado pela pausa, Pedrisco avançou com a história:

— Por causa do berreiro do general, Acaqui teve um colapso nervoso. Tremia sem parar e não conseguia mais falar. Teve de ser arrastado para fora da sala por um empregado. Na rua, foi envolvido por uma tempestade de neve. Caminhando lentamente, devido ao vento forte, ele voltou para casa. Lá, deitou-se e não levantou mais. No dia seguinte, estava com febre altíssima. Veio o médico e disse à dona da pensão que tratasse de comprar um caixão de pinho, dos mais baratos, porque Acaqui não duraria mais que um dia e meio. Dito e feito. Trinta horas mais tarde, ele morreu e foi para um lugar onde não existe fome, miséria ou maldade. Foi para onde não mais zombariam dele.

— Pobrezinho do Cacaqui! — sussurrou o homem, ainda sentado no chão, fungando e passando as costas da mão pelos olhos lacrimosos.

— A partir da morte de Acaqui Acaquievich — continuou Pedrisco —, uma alma penada passou a percorrer, de noite, as ruas de São Petersburgo. Era um fantasma com uma expressão triste no rosto, que vestia um capote esfrangalhado. Parava as pessoas na rua e tirava seus agasalhos, fossem pobres ou ricos. Um dos funcionários da repartição viu o fantasma e reconheceu nele o defunto Acaqui Acaquievich.

— Santa misericórdia! — Quêta fez o sinal da cruz.

— Certa noite, o general que havia humilhado Acaqui saiu a passear de carruagem. Era uma noite fria e ele ia muito alegre, enroscado dentro do seu capote de pele. Pretendia visitar sua amante, mas, no meio do caminho, apareceu-lhe o fantasma de Acaqui, que disse: "Finalmente te peguei. Você não quis se preocupar com o meu capote, pois agora me dê o seu!".

13 O MAL DO PESSIMISMO

Olga colocou-se ao lado de Pedrisco:

— Quando pedi ao Pedro Luís que contasse a história de Acaqui Acaquievich, eu sabia apenas que ele era um grande jogador de futebol. Agora, sei que ele é também um contador de histórias de mão-cheia. É um craque, fez um belo resumo... Quem gostou da história?

Todos levantaram a mão, mas Mariana fez uma restrição:

— Gostei, mas prefiro histórias de amor, com carruagens e castelos, casamentos e bailes, namoros e beijos.

— A história de hoje foi triste, mas também foi engraçada — palpitou Roberto. — Acho que o autor devia estar rindo muito quando criou o Acaqui.

— Não sei, não — disse Rosa, erguendo-se e ficando só um pouco mais alta do que quando estava sentada. Gostara da história, mas precisava manter sua fama de ranzinza: — Prefiro histórias mais construtivas, com personagens honradas, bondosas e generosas. Adoro histórias com escoteiros.

— Me amarro em qualquer tipo de história — comentou Tiagãozão. — Triste ou alegre, não importa. Adoro escutar e ler. O que mais gostei nessa história foi o final. Terror puro. Imagine se todos os mortos viessem aporrinhar as pessoas que fizeram mal a eles! O mundo seria um espanto só!

— Acaqui era uma pessoa sensível, por isso sofria na mão dos outros, que zombavam dele — disse Letícia, e seu rosto foi tomado pela vermelhidão.

— Garotada esperta, barbaridade! — berrou o homem de branco, que havia acompanhado atentamente a fala de todos eles. Depois, fez parar um vendedor que passava por ali. — Vou pagar um rodada de picolés pra todos. Só não pago um chopinho porque a professora não permitiria.

Depois da escolha dos picolés, Olga e Tiagãozão atravessaram a rua e sentaram-se num banco da praça.

— Aposto o meu pescoço que Tiagãozão vai contar a próxima história — palpitou Roberto.

Todos puderam perceber que o garoto altão sacudia negativamente a cabeça. Uma, duas e três vezes. Mas, por fim, acabou estendendo seu braço imenso para apanhar um livro que Olga lhe oferecia.

— Eu daria todos os dentes da minha boca só pra saber que livro é aquele! — disse Quêta. — Um dia ainda morro de curiosidade!

Acabados os picolés, houve a debandada geral. Letícia, Mariana e Quêta, de braços dados, foram em direção ao centro da cidade. Pedrisco encaminhou-se para a parada de ônibus, saltitando, felicíssimo por ter conseguido contar a história sem engasgar e sem se perder. Tiagãozão saiu apressado porque estava querendo ver uma garota que pretendia namorar.

Mal havia dado meia dúzia de passos, Roberto ouviu um chamado:

— Ei, garoto, me dê uma carona até a esquina!

O menino se voltou e viu Rosa, que lhe piscava o olho com ar de cumplicidade. Começaram a caminhar lado a lado.

— Mulher estranha essa tal Olga Krapowski — comentou a secretária da escola em voz baixa. — Krapowski! Isso, por acaso, é sobrenome de gente?

— Deve ser de origem polonesa — retrucou o menino. — Muito sobrenome polonês acaba em "wski".

— Ela não pinta os cabelos. É jovem, mas parece uma velha!

— Parece nada. É bonita e tem sido superlegal com a gente. Ela escolhe umas histórias ótimas.

— Não são ótimas, não! A história do pai que matou o filho era horrível. A de hoje foi pior ainda. Um pobre abobado que vira alma penada. Isso lá tem fundamento?

— O Acaqui era uma pessoa legal e não fazia mal a ninguém. Gostei muito quando ele virou fantasma e assustou aquele general babaca.

— Não, essa mulher não está contribuindo pra formação moral e intelectual de vocês — Rosa franziu a boca e o nariz, como se tivesse provado um alimento muito ruim. — Me diga uma coisa, Roberto: de que tratava a primeira história que ela contou pra vocês, no pátio da escola?

— Falava de uns bombeiros que queimavam livros...

— Queimavam livros?

— Sim. É uma história de ficção científica que se passa no futuro. Havia os bombeiros malvados, mas também tinha uns mendigos que decoravam os livros pra que eles não desaparecessem...

— Mendigos decorando livros?

A secretária da escola estacou, mãos na cintura:

— Sabe de uma coisa? Desconfiei desse negócio de histórias tristes desde o início. Tem gente que gosta de injetar o mal do pessimismo nos jovens. Nunca o mundo esteve tão bem. Nunca as pessoas tiveram tanta comida e tantos bens materiais. Nunca as pessoas viveram tanto. Mas tem gente que é do contra, acha que tudo está ruim, piorando sempre. Olga deve ser uma dessas pessoas.

— Prefiro escutar histórias tristes ao ar livre a prestar atenção em aulas chatas dentro da escola.

— Roberto, você é um garoto muito esperto — Rosa baixou a voz. — E simpático. Descobri isso quando vi você pela primeira vez na secretaria. Por isso, eu queria convidar você pra me ajudar numa investigação.

— Investigação? — Roberto sentiu que seu coração acelerava. Tinha verdadeira paixão por aquela palavra. Vivia lendo livros policiais. — Que tipo de investigação?

Rosa olhou para os lados a fim de verificar se ela e Roberto não estavam sendo observados:

— Quero que você me ajude a descobrir quem é mesmo essa tal de Olga Krapowski. Temos de saber tudo sobre a vida dessa mulher. Onde mora, o que faz na vida, se é casada, se tem filhos, por que criou o Clube dos Leitores de Histórias Tristes... Estou achando que é uma mulher má, que quer causar mal a vocês. Estou ficando com muito medo. Você lê os jornais, Roberto? Viu o tanto de adultos que maltratam crianças?

— Ela parece gente boa — disse o garoto, confuso.

— Parece, concordo, mas pode não ser. Não há nenhum registro sobre ela na escola. O diretor deve conhecê-la, já que autorizou o curso, mas sempre que toco no assunto ele desconversa. Hoje, eu fiquei ainda mais desconfiada dela...

— Por quê?

— Você notou aquele bêbado, Roberto?

— Claro!

— Na minha opinião, ele foi contratado pela Olga. Só para dar mau exemplo a vocês. Um pau-d'água!

Roberto sacudiu a cabeça. Não estava acreditando no que ouvia.

— Procure-me na secretaria, na segunda-feira — cochichou Rosa. — Temos de traçar um plano secreto de ação.

14 REFUGIADO NO BANHEIRO

Na segunda-feira, na hora do recreio, enquanto Roberto ia até a secretaria para conversar com Rosa, os outros integrantes do Clube cercavam Tiagãozão num canto do pátio e o metralhavam com perguntas.

— Vou contar a história do próximo sábado, sim — confessou o garoto altão. — No Mercado Municipal.

— Mercado? Que nojo! — estrilou Quêta. — Por acaso vai ser perto daquelas peixarias fedorentas?

— Não sei — respondeu Tiagãozão. — Só sei que vai ser lá.

— E como é a história que você vai contar? — perguntou Pedrisco. — É de terror?

— Isso eu não digo nem morto.

— Tem um romance, uma paixão? — insistiu Mariana.

Sem responder, Tiagãozão correu para o banheiro a fim de escapar do interrogatório.

Durante toda aquela semana, ele só chegava à escola no exato momento em que soava o sinal e passava os intervalos refugiado no banheiro. No entanto, fugindo das perguntas, ele só fazia crescer a expectativa sobre a próxima história.

Roberto e Rosa conversaram muito ao longo daquela semana. Mal soava o sinal do recreio, ele corria até a secretaria. Lá, em voz baixa, ele e Rosa trocavam frases curtas, nervosas. Estavam preparando o tal plano secreto para investigar a misteriosa Olga Krapowski.

15 Um Artista da Fome

No quarto sábado, reuniram-se na porta do Mercado Municipal.

Às dez em ponto, Olga apareceu e os chamou com um gesto de mão:

— Sigam-me. Hoje vamos ter assentos mais confortáveis.

Caminharam uns vinte metros pelo corredor central e dobraram à direita. Pararam diante de uma placa que anunciava:

Restaurante Pé Sujo
Proprietário:
Manuel Joaquim Cardoso da Silva

Um homem de grande bigode e vasto ventre — ressaltado pelo avental apertado — aproximou-se sorrindo e disse com forte sotaque lusitano:

— Aqui estão os miúdos da senhora Olga! Que marotos! Se calhar, conto-lhes também histórias de Trás-os-Montes, com lobisomens e assombrações.

— Bom dia, seu Manuel — respondeu Olga. — Vamos nos acomodar lá no fundo.

Havia umas vinte pequenas mesas no restaurante, todas desocupadas àquela hora. A pedido de Olga, o português juntou quatro delas.

— Quero que todos vocês sentem daquele lado — comandou a mulher. — Aqui, ficaremos apenas Tiago e eu.

Rapidamente, os integrantes do Clube se instalaram, ficando todos de frente para Tiagãozão e Olga.

— O Tiago vai contar uma história intitulada "O Artista da Fome" — anunciou Olga. — Ela foi escrita por um grande escritor tcheco chamado Franz Kafka... A palavra está com você Tiago.

Com suas mãos imensas, o garoto abriu em cima da mesa um livro desbeiçado, de folhas amareladas.

— Não vou ler — explicou. — Mas, se me perder, eu vou dar uma espiadinha no texto.

Roberto Santini arriscou um olhar para trás. O cheiro de bolinhos de bacalhau que vinha da cozinha do restaurante era de matar.

— Era uma vez um grande artista da fome — iniciou Tiagãozão, com voz firme. — Ele era um faquir, um jejuador, um homem acostumado a passar muito tempo sem comer. Antigamente, as pessoas gostavam muito de assistir aos espetáculos dos artistas da fome, que se trancavam em jaulas como forma de provar que não saíam do lugar para irem comer. O povo se reunia diante das jaulas e ali passava dias inteiros. Nos dias de sol, as jaulas eram levadas para o ar livre. As crianças observavam assombradas aqueles homens muito magros que passavam vários dias sem ingerir nenhum alimento sólido. O artista da fome se esforçava para parecer simpático. Sorria e estendia o braço ossudo para fora da jaula para que as pessoas vissem o quanto era magro. As crianças sentiam muito medo dele. Na verdade, o artista não dava bola para nada daquilo. Ele só se interessava mesmo pelas batidas do relógio, que marcava a duração do seu jejum.

De onde estavam sentados, olhando através da ampla vidraça do fundo do restaurante, os membros do Clube podiam ver os movimentos dos funcionários de uma quitanda e de um açougue.

— Havia gente contratada para vigiar o artista da fome — continuou Tiagãozão. — Em geral, eram gordos açougueiros. Três de cada vez. Quem conhecia o artista da fome sabia que ele jamais comeria, jamais trairia sua arte. Mas o povo era desconfiado e exigia vigilância permanente. Havia grupos de vigilantes relaxados que passavam a noite jogando cartas, de costas para a jaula, na tentativa de dar oportunidade ao artista de comer alguma coisa. Isso enfurecia o jejuador. Para mostrar que não estava comendo enquanto eles jogavam, o artista da fome cantava. Mas sempre havia ali um gozador para dizer: "Vejam como é esperto o artista da fome, ele consegue comer até mesmo cantando".

O português aproximou-se da mesa com uma grande travessa cheia de salgadinhos, mas Olga lhe pediu que voltasse mais tarde, quando acabasse a história. Os membros do Clube soltaram um discreto mas sentido suspiro de desalento, olhando os dourados croquetes, bolinhos de bacalhau e de batata.

Tiagãozão engoliu em seco e continuou:

— Também havia vigilantes noturnos que sentavam bem junto à grade, com lanternas possantes na mão. De quando em quando, eles metiam jatos de luz nos olhos do jejuador. O artista da fome passava as noites contando e ouvindo histórias. Assim ele provava que não comia nada à noite. De manhã cedo, ele pagava do seu próprio bolso um café para os vigilantes. Pessoas maliciosas achavam que o artista queria subornar os vigias com o café. O certo é que ninguém estava em condições de vigiá-lo o tempo todo. Só o próprio artista podia ser o seu fiscal.

Sem perder uma palavra da história, Roberto observava, simultaneamente, o movimento na quitanda e no açougue. Quando seus olhos passavam pelos balcões de frutas, ele sentia a boca encher-se d'água.

— Para o artista da fome, jejuar era a coisa mais fácil do mundo. Nunca deixava espontaneamente a jaula. No quadragésimo dia, sempre, era arrastado para fora. Por ele, continuaria a jejuar eternamente. Mas o empresário dele sabia que quarenta dias era o prazo ideal para atrair e manter o interesse do público. No último dia, sempre havia uma festa. A jaula era enfeitada com flores. Uma banda

militar tocava. Dois médicos entravam na jaula para pesar e medir o artista da fome. Duas moças, sorteadas entre o público, entravam na jaula e pegavam o faquir pelos braços. Fora dela, havia uma mesinha com comida de doente. O artista estava sempre triste nessas ocasiões. Por que não deixavam que ele continuasse sem comer por mais tempo até tornar-se o maior jejuador de todos os tempos?

O estômago de Roberto se manifestou e o garoto tentou, sem sucesso, abafar o ronco com uma tosse forçada.

— Credo, que garoto mais mal-educado! — chiou Quêta.

— Assim o artista da fome viveu por muitos anos — continuou Tiagãozão. — No fundo, ele estava sempre triste porque as pessoas não o levavam a sério. Quando diziam que estava triste porque sentia fome, ele tinha acessos de fúria. Sacudia as grades como um animal raivoso. O empresário aproveitava essas ocasiões para vender ao público fotos do artista no quadragésimo dia de jejum, macérrimo. Mas o tempo dos grandes jejuns foi passando e as pessoas foram se desinteressando do artista da fome.

— Ploc! — o português destampou um guaraná.

Os integrantes do Clube voltaram-se todos, ao mesmo tempo, para ele. Seu Manuel sorriu amarelo e seu bigode murchou. Ele sabia que não deveria atrapalhar enquanto a história estivesse sendo contada.

— Para não mudar de profissão, o artista da fome empregou-se num circo, onde o colocaram numa jaula ao lado das estrebarias. Nos intervalos dos espetáculos, quando corriam para ver os animais presos, os espectadores acabavam olhando também o jejuador. No início, ele ficou muito feliz. Havia empurrões entre os que paravam diante da jaula do artista da fome e os que desejavam ir até as estrebarias. Mas depois, aos poucos, o faquir percebeu que o público queria ver apenas os animais. Só de vez em quando um pai, com filhos pequenos, parava diante de sua jaula e falava sobre os grandes jejuns do passado. As crianças não entendiam aquilo e perguntavam: "O que significa passar fome?". O certo é que os cartazes da jaula foram se apagando. Então, o artista pôde fazer o que sempre desejara: continuar jejuando sem parar.

Tiagãozão tinha uma voz forte e gestos expressivos, mas os integrantes do Clube, a todo momento, desviavam os olhos para o açougue, onde os empregados cortavam carnes e linguiças, e para a quitanda, onde empacotavam frutas.

— Tempos depois, um inspetor parou diante da jaula do artista da fome e perguntou aos funcionários por que ela estava sem uso, só com um monte de palha podre no assoalho. Ninguém soube responder. Os funcionários do circo entraram na jaula e encontraram o artista da fome caído no meio da palha. Em voz muito baixa, ele pediu desculpas por ter jejuado tanto tempo. O inspetor teve quase de encostar o ouvido na boca do artista da fome para entendê-lo. O pobre estava muito fraco. O artista disse que não podia evitar de jejuar porque nunca tinha encontrado um alimento que o agradasse. "Se tivesse encontrado, eu teria me empanturrado como vocês." Essas foram suas últimas palavras.

16 Funcionou Como um Bom Aperitivo

Olga levantou o braço e gritou para o português:

— Agora pode trazer o nosso lanche, seu Manuel!

— Sem querer ser chata, eu só queria fazer uma pergunta — disse Quêta. — Quanto tempo vive um homem sem comer?

— Vou tentar lhe responder com outra pergunta — retrucou Olga: — Quanto tempo vive um ser humano sem praticar a arte que mais ama? Pode um pintor viver sem pintar?

— E eu é que vou saber? — a garota loira sacudiu os ombros. — Um pintor não morre só porque tem de ficar de braços cruzados.

— Morre — rebateu a mulher. — Pode até continuar vivendo, mas fica seco por dentro. Transforma-se num morto-vivo.

— O pior dessa história — comentou Pedrisco — é que as pessoas desconfiavam do pobre artista. Ele era sério, mas todos sempre achavam que ele comia escondido. Por isso é que ele vivia triste.

Olga voltou-se para Tiagãozão:

— Quantas vezes você leu essa história?

— No mínimo, umas quatro.

— E o que você achou dela?

O menino alisou a toalha da mesa com suas grandes mãos antes de falar:

— Na primeira leitura, achei que era uma história meio maluca, diferente de tudo o que eu já tinha lido. Depois, comecei a achar graça. Me pareceu que era uma comédia. É uma história engraçada, mas também muito triste.

— E você Roberto, o que sentiu?

— Fome. Quase morri de fome.

Pedrisco teve um ataque de riso e engasgou-se com um bolinho de bacalhau. Quêta o desembuchou com três valentes tapas nas costas.

— Eu ficava olhando aquelas carnes e frutas — Roberto apontou o açougue e a quitanda. — Foi difícil prestar atenção na história. Tinha também os cheiros aqui do restaurante: bolinhos de bacalhau, croquetes, pastéis. É de matar!

— Compreendo. Mas da história, o que você achou?

— Fiquei com pena do cara. Era um artista, que só queria divertir as pessoas. Mas não deixavam ele provar que era o maior do mundo.

— E você, Mariana?

— Fiquei impressionada com os espetáculos de jejum. Nunca tinha ouvido falar disso. Existiu mesmo essa coisa doida?

— Claro! — respondeu Olga. — Havia os faquires, que se deitavam em camas de pregos e passavam dias e dias sem comer...

— De certo modo, é uma história educativa — intrometeu-se Rosa, fazendo cara de pouco-caso. — Hoje em dia, os jovens comem demais. Há muita obesidade. Aliás, li num jornal que há mais obesos que famintos no mundo atual. Então, essa história mostra aos jovens os perigos também da falta de alimentos. Por falar nisso, hoje em dia, há duas novas doenças, chamadas anorexia e bulimia. Parece que são doenças que atingem principalmente as meninas. As anoréxicas não comem de jeito nenhum. As que sofrem de bulimia comem muito, mas, em seguida, vomitam os alimentos...

— Que nojo! — cortou Quêta.

— Voltando à história, a parte mais engraçada é quando encontram o artista debaixo da palha seca — disse

Letícia. E inaugurou uma palavra que tinha aprendido dias antes: — É puro surrealismo.

— Uma história comporta muitas explicações — disse Olga. — A história também pertence aos leitores e eles podem fazer delas o que bem entenderem, desde que haja no texto indícios que justifiquem cada interpretação. Para mim, essa história descreve principalmente o amor dos artistas pela arte. Em vez do artista da fome, poderíamos pensar num escritor, num escultor, num ator.

— Essa história funcionou mesmo foi como um bom aperitivo — brincou Roberto, e, com uma dentada, cortou pelo meio um croquete.

17 Você Fez Curso de Espionagem?

De repente, Olga olhou o relógio e sobressaltou-se. Levantou-se rapidamente e deixou a mesa. Rosa a acompanhou com o olhar, pensando que ela iria ao banheiro. Mas não foi isso o que aconteceu. Olga saiu do restaurante sem se despedir.

A secretária da escola cutucou Roberto, que estava do seu lado, e sussurrou:

— Vamos atrás dela.

Roberto estendeu a mão até a bandeja e pegou os dois últimos bolinhos de bacalhau. Topava bancar o detetive, mas sem abrir mão daquelas delícias.

Na rua, eles viram Olga já a uns cinquenta metros de distância, avançando a passos largos.

— Você vai por uma calçada que eu vou pela outra — comandou Rosa. — Se ela descobrir um, o outro continua a segui-la.

Para espanto de Roberto, a secretária da escola abriu uma sombrinha vermelha e escondeu o rosto debaixo dela. Depois, com passos mais largos do que aparentemente lhe permitiam as pernas curtas, Rosa atravessou a rua e desandou a caminhar no rastro da criadora do Clube.

Roberto deixou que a mulherzinha se afastasse. Numa banca de revistas, comprou um gibi e abriu-o diante do rosto. Em filmes de espionagem, os caras usavam jornais, mas ele era apenas um garoto. Colado à parede, ele começou a perseguição.

Percebendo que Olga caminhava bem mais rapidamente que Rosa, o garoto perguntou-se se não deveria correr. Estava nessa dúvida quando Olga dobrou à esquerda.

Roberto desembestou a correr. Não era um atleta de ponta, claro. Aliás, não era chegado em esportes. Entre um campo de futebol e um sofá diante da televisão, preferia o último.

Esbaforido, ele chegou à esquina ao mesmo tempo que Rosa. A mulher estava de boca aberta, ofegante. Não viam nem sinal de Olga.

— Só há três explicações — Roberto botou pose de detetive. — Primeira: ela correu e dobrou de novo uma esquina e nós não a acharemos mais. Segunda: ela entrou na estação rodoviária. Terceira: foi sequestrada por uma nave de marcianos.

— Deixe de bobagem! — rosnou Rosa. — É claro que ela entrou na rodoviária. Como é que não desconfiei antes que ela não mora na nossa cidade?

Lado a lado, foram até a estação.

O grande saguão estava lotado, com muitas filas diante dos guichês. Mas Olga não se encontrava por lá.

— Acho que ela não entrou aqui — disse Roberto. — Se tivesse entrado, certamente estaria numa fila dessas.

— Ela deve ter dobrado a outra esquina, Roberto. Fomos vergonhosamente enganados.

Muitas das pessoas que estavam nas filas se voltavam para ver aquela estranha dupla: a baixinha com a sombrinha vermelha aberta dentro do saguão e o garoto de bochechas vermelhas como pimentões.

Lentamente, cabisbaixos, Roberto e Rosa deixaram a estação e caminharam até a esquina.

— Não vamos desistir, Roberto. Garanto que, semana que vem, ela não nos escapa...

A fala da mulher foi cortada por um brusco movimento do garoto, que arregalou os olhos e apontou o braço para a frente:

— Dona Rosa, naquele ônibus azul, que saiu agora da plataforma...

— Desembuche, Roberto! O que foi?

— Juro que dona Olga estava dentro dele. Vi o rosto dela de perfil.

— Você não pode ter visto direito. Devia estar escuro dentro do ônibus.

— Tenho quase certeza de que era ela.

— Mas ela não teve tempo de comprar o bilhete e embarcar, Roberto.

— E se ela tivesse comprado o bilhete antes, dona Rosa? Embarcaria sem passar pela fila.

— Claro! Você é um garoto muito esperto!

— Vamos perguntar na rodoviária para que cidade vai aquele ônibus.

— Credo, menino! Você fez curso de espionagem?

18 Um Zumbi Arrasta-se até o Cemitério

Na segunda-feira, os integrantes do Clube dos Leitores de Histórias Tristes reuniram-se durante o intervalo.

— Quem vai contar a próxima história? — perguntou Roberto.

— Sei lá! — reagiu Quêta. — Acho que aquela mulher me odeia. Ela nunca vai me escolher!

— Dona Olga saiu tão apressada do restaurante que nem se lembrou de indicar o próximo narrador — comentou Pedrisco.

— E nem disse onde a gente vai se reunir no sábado que vem — ajuntou Tiagãozão.

— Ela estava meio esquisita mesmo — acrescentou Roberto. — De repente, ela olhou o relógio e se mandou. Parecia a Gata Borralheira apressada pra pegar a carruagem, só que do meio-dia.

— Mas você saiu em seguida a ela — disse Quêta. — Não viu pra que lado ela foi?

Roberto forçou um pigarro antes de mentir:

— Não.

Nos intervalos seguintes reuniram-se novamente. Todos os integrantes do Clube continuavam jurando de pés juntos que não haviam sido contatados por Olga. Na sexta-feira, a conversa foi bem mais tensa.

— Alguém aqui está mentindo — acusou Pedrisco, irritado.

— Eu acho que ela já telefonou pra alguém — disse Quêta. — Mas esse alguém está se fazendo de morto.

— Na minha opinião, a própria dona Olga vai contar a nova história — palpitou Letícia. — Deve ser uma história tão terrível que ela nem teve coragem de passar pra um de nós!

— Mas ela garantiu que todos leriam uma história — argumentou Roberto. — Quatro de nós ainda não leram: Mariana, Quêta, dona Rosa e eu.

— Quem sabe onde ela mora? — perguntou Mariana.

Roberto baixou o rosto.

Na noite daquela sexta-feira, por volta das nove horas, um *motoboy* bateu na casa de Mariana. Tinha uma encomenda para entregar a ela. Dentro de um grosso envelope, havia um livro de bolso, intitulado *Contos de Tchekhov*, e um bilhete:

Querida Mariana,

Desculpe se só lhe entrego o livro agora, poucas horas antes da nossa reunião. Mas era necessário que fosse assim. Leia o terceiro conto, cujo título está marcado com uma cruz no sumário. É uma história curta, mas muito intensa. Uma hora bastará para que você possa lê-la, compreendê-la e amá-la. Agora, trate de telefonar para todos os seus colegas. Convide-os para estarem amanhã, às dez horas em ponto, na pracinha do cemitério. Por favor, não fale nada sobre a história que vai contar. No verso deste bilhete está uma lista com os telefones de todos os integrantes do Clube.

Abraço da Olga

Fechada no seu quarto, Mariana perdeu horas preciosas disparando telefonemas. As ligações eram demoradas porque seus companheiros de Clube a enchiam de perguntas. Assim, só depois da meia-noite ela começou a estudar o texto. O conto era mesmo bem curto, mas Mariana era perfeccionista: queria decorar a história toda, palavra por palavra.

Leu o texto uma, duas, três e quatro vezes, sempre com atenção crescente. Finalmente, por volta das duas da madrugada, quando tentou reproduzir o conto sem o auxílio do livro, percebeu que havia esquecido partes importantes. Assim, voltou a lê-lo várias outras vezes.

— Por que dona Olga só me entregou o livro na última hora? — perguntava-se a menina, ansiosa, observando o relógio.

Eram seis horas da manhã quando Mariana praticamente desmaiou sobre o travesseiro. Duas horas depois ela acordava sobressaltada com o estridente alarme do despertador.

Ainda zonza, levantou-se. Meio que dormindo em pé, foi até o banheiro. Em câmera lenta, lavou o rosto. Com gestos vagarosos, vestiu-se. Depois, como um zumbi, um morto-vivo, arrastou-se até o cemitério, que não ficava muito distante de sua casa.

19 O Inimigo é a Criança

Três bancos arruinados da praça do cemitério receberam os integrantes do Clube dos Leitores de Histórias Tristes para a quinta reunião.

— Aposto que dona Olga, mais uma vez, vai chegar em cima da hora — disse Roberto.

— Tomara que ela venha logo! — bocejou Mariana, que havia chegado ali um pouco antes e já não suportava mais as perguntas dos colegas impacientes.

Na hora exata, Olga parou diante deles, olhou para o céu nublado e disse:

— Espero que não chova antes do fim da história... Hoje, Mariana vai narrar um conto intitulado "Olhos mortos de sono", que foi escrito pelo russo Anton Tchekhov... Venha, Mariana!

Devagar, a menina deixou o banco onde estava sentada ao lado de Tiagãozão. Rosa e Roberto ocupavam o banco do meio. No banco da direita, apertavam-se Pedrisco, Quêta e Letícia.

— Você parece muito cansada — comentou Olga. — Está com olheiras. Dormiu mal esta noite?

Com um gesto afirmativo de cabeça, que fez voarem seus longos cabelos encaracolados, Mariana concordou.

— Então, vá em frente! — disse Olga, e foi sentar-se ao lado de Tiagãozão.

— Era uma vez uma garota russa de treze anos chamada Varvara — iniciou Mariana em voz baixa. — O apelido dela era Varka. Ela trabalhava como empregada e babá na casa de um sapateiro grosseirão. Além de cuidar de uma menininha recém-nascida, fazia todo o serviço da casa. Numa certa noite, ela embalava o berço e cantarolava: "Báiu, báiuchki, báiu, vou cantar uma canção para você". Mas a bebezinha só queria saber de chorar. Estava até rouca de tanta berraçada. Varka estava morrendo de sono, mas lutava para ficar acordada. A luz do candeeiro mal iluminava o quarto. Havia muitas fraldas estendidas numa corda dentro do quarto. Um grilo cricrilava. A luz do candeeiro vacilava e fazia com que as fraldas parecessem dançar.

Uma mulher muito idosa, baixinha, que cruzava a praça em direção ao cemitério, levando na mão um ramo de rosas vermelhas, parou perto de onde estavam reunidos os integrantes do Clube e, intrigada, pôs-se a escutar.

— Varka sentia muito sono — continuou Mariana.

— Suas pálpebras pesavam como chumbo. Seus olhos se fechavam e era difícil tornar a abri-los. Sua cabeça caía a todo momento. Em seguida, ela acordava sobressaltada e continuava a embalar o berço. De vez em quando, ela escutava os roncos do patrão, que dormia no cômodo ao lado. Então, os seus olhos se fecharam de vez. Aí, ela viu uma estrada coberta por uma lama quase líquida. Umas carroças passam pela estrada, bem devagarinho. Uns homens com mochilas nas costas caminham ao lado das carroças. De repente, os homens se deitam na lama imunda. Varka se aproxima deles, curiosa, e pergunta por que estavam fazendo aquilo. Eles respondem: "Queremos dormir, dormir, dormir". Uns corvos pendurados nos fios telegráficos põem-se a gritar para acordar os homens.

A velhinha das flores caminhou até o banco de Rosa e Roberto e, com um gesto autoritário, mandou que se afastassem para que ela pudesse sentar no meio deles.

Visivelmente cansada, com os ombros caídos, Mariana continuou a narrar:

— Varka acordou daquele sono muito rápido e notou que o bebê continuava chorando. Então, ela cantou de novo: "Báiu, báiuchki, báiu, vou cantar uma canção para você". Em seguida, ela fechou os olhos e se viu na sua casa. Seu pai, Iefim, sente muitas dores e geme. Na verdade, ela não vê o pai, mas sabe que ele está deitado no chão, batendo os dentes de tanta dor. Depois, vê a mãe, que se chama Pielaguéia, correr até a casa dos patrões em busca de socorro. Logo, a mãe volta com um médico.

Acendem uma vela e aparece o rosto do pai de Varka. O médico pergunta o que ele está sentindo. Iefim responde: "Chegou a hora da minha morte, vou deixar o mundo dos vivos".

— Que o Senhor o tenha! — diz a senhora das rosas vermelhas e faz o sinal da cruz, no que é imitada por Pedrisco.

Mariana aproveita a pausa para bocejar longamente. Depois, com voz arrastada e gestos lentos, prossegue:

— O médico diz ao pai de Varka que ele vai ficar curado. Basta que vá para um hospital, onde deve ser operado às pressas. A mãe de Varka diz que não podem ir até lá porque não possuem um cavalo. O médico garante que vai conseguir ajuda para eles. Meia hora depois, chega ali uma carroça e Iefim é colocado nela. Então, nasce o dia. Varka ouve uma outra pessoa, com uma voz igual à sua, cantar aquela canção: "Báiu, báiuchki, báiu, vou cantar uma canção para você". Sua mãe retorna do hospital e diz: "Minha filha, eles operaram seu pai à noite, mas ele faleceu ao nascer do dia. Disseram que nós o levamos tarde demais. Espero que Iefim esteja em paz lá no céu".

Discretamente, Letícia leva a mão direita ao rosto e passa o indicador nos olhos úmidos.

— Varka se vê sozinha no mato, chorando. De repente, ela sente um tapa na nuca e sua testa se choca violentamente contra uma árvore. Aí, ela acorda, sobressaltada. Abre os olhos e vê o patrão, que diz: "Acorde, sua porca! A criança chora e você dorme?". Varka volta a cantarolar e a embalar o bercinho. Mas, pouco depois, fecha de novo os olhos e revê a estrada enlameada com os homens deitados nela. "Ande, me dê a criança. Você está dormindo de novo, animal?" Sentindo que está sendo sacudida, a menina abre os olhos e vê a patroa. De pé,

Varka espera que a mãe dê de mamar ao nenê. O dia está nascendo. A mulher entrega o bebê a Varka e diz: "Só pode ser mau-olhado para essa criança chorar tanto assim".

Olga está adorando a gesticulação de Mariana, que parece tão cansada quanto a personagem do conto.

— Então, nasce o dia, e Varka fica feliz porque quando anda de um lado para outro não sente sono. Acende o fogão e aquece água para fazer chá. Em seguida, a patroa ordena: "Vá limpar as botas do patrão". Varka se senta no chão e pensa o quanto seria bom enfiar a cabeça dentro daquela bota para poder dormir. A escova cai das mãos dela. Depois, a patroa manda: "Vá limpar a escada de fora da casa". O duro é quando ela tem de descascar batatas. A faca lhe escapa da mão e as batatas pulam sozinhas. Mas também é difícil arrumar a mesa, lavar roupa e costurar. Tem horas que Varka sente vontade de se jogar ao chão para dormir um pouco. Assim ela passa o dia e sente que outra noite vem se aproximando. Varka sorri. Acha que vai poder descansar...

Mariana boceja e se espreguiça. Está louca para acabar aquela história para correr para casa e se deitar. Esfrega os olhos vermelhos e conclui:

— De noite, chegam visitas. A patroa diz: "Varka, vá ferver a água para o chá". Depois, ordenam-lhe que vá até a venda para comprar cerveja. Ela faz tudo correndo para espantar o sono. Mais tarde, o patrão grita: "Varka, vá comprar vodca". Na volta da venda, ela tem de limpar os peixes para o jantar. Por fim, as visitas se vão. Aí, a patroa ordena: "Varka, vá embalar a criança". A babá começa a cantar aquela cantiga, mas o bebê desata a chorar. É um berreiro danado, esganiçado. Varka vê de novo os homens dormindo sobre a lama da estrada. Sente que alguma coisa lhe prende os pés e as mãos. Então, compreende tudo: o inimigo é a criança. Ri feito uma louca. Por que não havia entendido antes? Inquieta, começa a passear pelo quarto, sempre rindo. Então, tem uma ideia para calar a criança. Aproxima-se cautelosamente do berço. Estende os braços, segura a criança pelo pescoço e aperta com toda a força que tem. Depois, deita-se no chão e logo está dormindo profundamente, como se estivesse morta.

20 MORTA DE VERGONHA POR ESTAR MENTINDO

— Que história mais triste, meu Deus do céu! — exclamou a velhinha, levantando do banco. — É de matar de tanta tristeza! Quem foi que inventou essa tragédia?

— Um escritor russo que morreu com apenas 44 anos — respondeu Olga.

— Não me admiro! — retrucou a velhota, já se encaminhando para o cemitério. — Uma pessoa que escrevia histórias tristes assim tinha mesmo que morrer mais cedo.

— Que coisa mais nojenta aqueles homens deitados na lama! — exclamou Quêta.

— Por que você se preocupou logo com a lama? — perguntou Pedrisco. — É uma das partes mais bonitas do conto. Imagine o quanto uma pessoa tem de estar cansada para dormir em cima do barro!

— Como é que eu vou saber? — retrucou a loirinha. — Só sei que fiquei com o estômago embrulhado.

— Roberto, o que você achou dessa história? — perguntou Olga.

— Legal. Ela mostra que, antigamente, as crianças trabalhavam tanto quanto os adultos. Hoje em dia, isso é crime. Na televisão sempre vemos notícias sobre exploração do trabalho infantil. Aparecem uns garotos que trabalham em carvoarias ou meninas bem pequenas que descascam mandioca.

— Esse é um aspecto importante da história — concordou Olga. — E você, Tiago, o que mais o impressionou no conto?

— O quanto a menina era sozinha. Ela até lembra da morte do pai quando tira aqueles cochilos involuntários. Além disso, ela vivia na casa de patrões malvados. Eu acho que deve ser barra não ter um parente com quem conversar...

— Mas ela matou a criança! — ponderou Rosa. — Virou uma assassina! Nada justifica matar um ser humano, especialmente um bebê!

— Ela já estava louca quando matou — justificou Letícia. — Estava maluca porque não dormia nunca. Loucos nunca têm culpa nem são presos.

— Hoje, o que mais me agradou foi o jeito de contar da Mariana — disse Pedrisco. — Acho que ela pode ser atriz quando crescer. Ela representou muito bem o papel de Varka. Olhando para ela, a gente via uma menina morrendo de sono.

— Mas eu estou *mesmo* morrendo de sono! — afirmou Mariana. — Dormi umas duas horas só. Na primeira vez que li a história, o final me assustou muito. Depois, aos poucos, fui entendendo outras coisas. Vi que Varka era uma escrava. A vida dela era um inferno. Vivia tão cansada que misturava sonho e realidade.

— Muito bem — Olga voltou a olhar o céu. — Vamos caminhando devagar até o Pé Sujo, conversando. Se chover, a gente corre.

— Dona Olga, estou com uma dor na perna... — mentiu Roberto, o rosto vermelho de vergonha. — Posso pegar o ônibus para ir pra casa?

— Claro.

— Eu vou junto com o Roberto — anunciou Rosa, olhando para o chão. — Hoje, vou à casa da minha irmã que mora mais longe. Tenho de tomar dois ônibus porque ela mora onde Judas perdeu as botas.

21 MULHER DE ESPANTOSA CABELEIRA LEONINA

Enquanto Olga seguia para o Mercado, cercada pelos integrantes do Clube dos Leitores de Histórias Tristes, Rosa e Roberto dirigiam-se a um ponto de ônibus.

Sem se olhar, como se fossem estranhos um ao outro, permaneceram em silêncio até a chegada do ônibus. Sempre calados, embarcaram e sentaram-se em bancos afastados.

Desceram em paradas diferentes, mas, depois, os dois se encaminharam para a estação rodoviária. Chegando lá, foram diretamente aos banheiros.

No reservado, Roberto abriu a mochila e dela retirou uma calça comprida e uma camisa de manga longa, ambas pretas. Tirou a camiseta e a bermuda brancas que usava e guardou-as na mochila. Para completar o disfarce, enterrou na cabeça — até junto das sobrancelhas — um desbeiçado boné de brim azul.

Rosa demorou bem mais tempo para trocar o vestido amarelo berrante que usava ao chegar à estação por um vermelho, ainda mais berrante. Em seguida, calçou um par de sapatos com um salto de doze centímetros de altura. Depois foi para a frente do espelho. Como sempre trazia o cabelo preso num coque apertado, quando o soltou ficou com uma juba de leão, que tratou de petrificar com jatos de laquê. Nos lábios finos, passou batom de um vermelho sanguíneo. Por fim, equilibrou no nariz uns imensos óculos de sol. Sorriu para sua transformação — estava irreconhecível! — e foi para o saguão.

Lá, ela e Roberto assumiram papéis de mãe e filho. De braços dados, foram ao guichê e compraram duas passagens para Campina Bela, cidade para onde seguira o ônibus azul visto por Roberto na semana anterior.

Passaram, depois, à banca de jornal, onde Rosa comprou uma revista e Roberto, um gibi. Sempre de braços dados, atravessaram o saguão e foram sentar-se em um banco afastado, de onde poderiam ver a chegada de Olga.

A criadora do Clube chegou quando faltavam poucos minutos para o meio-dia e foi diretamente à plataforma, onde já estava estacionado o ônibus para Campina Bela.

— Viu como eu tinha razão? — comentou Roberto. — Ela compra a passagem com antecedência.

Depois que Olga embarcou, Rosa se levantou e disse a Roberto:

— Agora, vamos! Se alguém falar com você, disfarce a voz.

Entregaram as passagens ao motorista e embarcaram.

Como tinha feito no outro dia, Roberto levava o gibi aberto na frente do rosto, para disfarçar. No corredor do ônibus, ele arriscou um rápido olhar para Olga, que lia um livro junto à janela. Esse movimento fez com que ele tropeçasse e quase caísse. O gibi fugiu-lhe das mãos e foi cair aos pés de Olga.

— Hei, menino! — chamou Olga, agachando-se para apanhar o gibi. — Venha pegar sua revistinha.

— Não precisa — respondeu Roberto, com voz fininha — Já li.

Rosa estendeu o braço e apanhou a revista com um gesto brusco:

— Deixe que eu pego o gibi deste pateta!

Sobressaltada, Olga levantou os olhos. "Que estranho", pensou, "acho que conheço uma voz parecida com essa!".

Rosa não seguira o conselho que havia dado a Roberto: disfarçar a voz.

Atentamente, Olga observou a mulher dos grandes óculos escuros. "Figurinha muito estranha", pensou, analisando o rosto miúdo no qual se destacavam, além dos óculos, os lábios besuntados de batom.

Enquanto Rosa e Roberto encaminhavam-se para assentos na última fileira, Olga permaneceu intrigada.

22 Gente Que Tem Alguma Coisa a Esconder

Campina Bela é uma típica cidadezinha brasileira. Tem algumas centenas de casas distribuídas em torno de uma praça central que reúne, claro, uma agência do Banco do Brasil, uma igreja católica e um prédio de dois andares onde funciona a prefeitura.

Chegando lá, os poucos passageiros desceram e, rapidamente, tomaram cada qual o seu caminho. Rosa e Roberto foram os últimos a desembarcar.

Eles pretendiam seguir Olga de uma distância razoável, mas, ao descerem do ônibus, notaram que ela já estava um quarteirão longe deles.

— Esqueci que ela caminha depressa — lamentou Rosa.

— Então, vamos nos apressar — disse Roberto, pegando a secretária da escola pela mão.

Não andaram nem cinco metros e Rosa soltou-se da mão do menino:

— Vá sozinho! Não consigo andar depressa com estes saltos. Se cair, quebro o pescoço.

— Deixe comigo.

— Veja onde ela mora e venha me dizer! Não se exponha!

Enquanto Rosa seguia bem devagar, equilibrando-se com os braços abertos, Roberto desembestava atrás de Olga. Não teve dificuldade para segui-la porque ela não olhou para trás uma só vez: caminhou em linha reta por cinco quarteirões.

Na quinta quadra — que, aliás, era a última da cidadezinha —, só havia uma casa. Roberto viu quando Olga abriu um portão de ferro e caminhou por uma trilha de tijolos até a porta da frente.

O menino diminuiu o passo ao cruzar diante da casa para poder observá-la de rabo de olho. Era uma casa de madeira, do tipo chalé suíço, com teto inclinado e paredes envernizadas, com floreiras nas janelas.

Roberto seguiu adiante por mais uns cem metros, mas depois retornou. Quando ele estava justamente diante da casa, Olga abriu a porta da frente. Nas mãos enluvadas, segurava uma tesoura de podar. O garoto apressou o passo para não ser visto pela mulher, mas seu movimento brusco fez com que ela se voltasse, por um segundo, para ele.

Caminhando depressa, Roberto foi ao encontro de Rosa, que não tinha se afastado nem cinquenta metros da rodoviária. Cansada de praticar equilibrismo em cima dos saltos imensos, ela havia parado à sombra de uma árvore.

— Olga entrou na última casa desta rua — anunciou o garoto, ofegante. — É um chalezinho de madeira, isolado, sem vizinhos. No portão, tem um número: 545.

— Esse negócio de viver isolado é típico de gente que tem alguma coisa a esconder — retrucou a secretária. — Por hora, me basta o endereço. O resto eu vou descobrir por telefone, deixe comigo. Tenho amigas nesta cidade. Agora, vamos embora que eu quero me ver livre desses sapatos para sempre.

À uma hora, tomaram o ônibus de volta.

23 UM MONTE DE COISAS INTERESSANTES

Como Olga não havia indicado o narrador seguinte, os integrantes do Clube dos Leitores de Histórias Tristes voltaram a se reunir na hora do recreio.

— Por que ela nos tortura desta maneira? — perguntou Quêta.

No final da tarde de quarta, um *motoboy* parou diante da casa de Roberto. O garoto, que lia uma revistinha na sala, nem esperou que o motoqueiro apertasse a campainha. Correu até o portão, onde recebeu um grande envelope pardo. Dentro dele estavam um livro antigo, muito manuseado — intitulado *Maravilhas do Conto Russo* —, e um bilhete:

> Roberto,
> você será o próximo narrador. Estude o conto cujo título está sublinhado no sumário.
> É belíssimo. Espero que você goste. Avise seus colegas que, no sábado, vamos nos reunir na praça do Porto.
> Lembre-se: você deve manter sigilo sobre o conto.
>
> Olga

No intervalo de quinta, Roberto passou a informação aos colegas.

— Se vamos nos reunir no Porto, é certo que a história vai ser de marinheiros ou de piratas — palpitou Pedrisco. — É isso mesmo, Roberto?

— Não tenho como saber. Ainda não li.

— Que não leu o quê, menino mentiroso! — indignou-se Quêta. — Garanto que você já decorou a história toda, de cabo a rabo.

Na saída da escola, naquele mesmo dia, Roberto deu de cara com Rosa, que o pressionou:

— Vamos, exijo que você me diga o nome da história que vai contar.

— Não posso, dona Rosa. É segredo.

— Mas nós somos sócios! — exasperou-se a mulher.

— Tenho de cumprir o trato com Dona Olga — justificou-se ele.

— Estou desconfiada de que essas histórias sejam mensagens secretas, Roberto.

— Mensagens secretas? Como assim?

— Acho que Olga tenta nos dizer alguma coisa com essas histórias. Talvez ela esteja pedindo socorro, talvez esteja sendo ameaçada. Se decifrarmos a mensagem, poderemos ajudá-la!

— Será?

— Claro! — respondeu Rosa, enfática. — Não há dúvida. Portanto, diga-me logo o nome da história!

— Talvez a senhora esteja com a razão — disse Roberto, hesitante. — Mas não posso falar.

— Deixe de ser bobo! — exclamou Rosa e, depois, em voz baixa, acrescentou: — Se você me disser o nome da história, eu lhe conto o que descobri sobre Olga Krapowski.

Roberto suspirou. Debatia-se entre a curiosidade e o compromisso, entre a bisbilhotice e a palavra empenhada.

Vendo que ele vacilava, Rosa sussurrou:

— Ela não mora em Campina Bela. Apenas aluga aquela casa pra passar os finais de semana. Faz uns dois meses que chegou por lá, um pouco antes de começar o Clube... Agora, você vai me dizer o nome da história?

— Não!

A secretária da escola fechou o rosto numa carranca e cruzou os braços:

— Menino mal-agradecido!

Caminharam uma quadra sem falar.

— Liguei pra meio mundo em Campina Bela — disse Rosa, bruscamente. — Tenho muitas amigas por lá. Investigaram pra mim. Descobriram um monte de coisas interessantes. Mas que só vou contar se...

— De jeito nenhum! — disse o menino, e saiu correndo.

24 A MORTE NÃO ERA TERRÍVEL

No sábado seguinte, um dia particularmente quente e luminoso, os membros do Clube reuniram-se na praça do Porto. No céu, não havia uma só nuvem.

Quinze minutos antes das dez, já estavam todos acomodados em dois grandes bancos que ficavam um de frente para o outro, separados por uma calçada ladrilhada. Como sempre, Olga foi a última a chegar.

Ainda de pé, ela colocou a mão no ombro de Roberto, que estava sentado, e perguntou:

— Você está pronto para contar a história?

— Sim, senhora. Sei de cor e salteado e de trás pra frente.

— Então, ponha-se de pé! Fique no meio do passeio e fale alto para que todos possam ouvi-lo bem.

— Vamos ver se você é tão bom de história quanto é de papo — disse Rosa, com um misto de desafio e mágoa na voz.

O menino encheu o peito de ar — e de coragem também — e começou:

— Era uma vez na Rússia, há muito tempo, dois homens: um patrão, chamado Brekunov, e um servo, que se chamava Nikita. O patrão era um comerciante ganancioso. Tinha muito dinheiro e queria ter mais. Nikita era um bom empregado, que cuidava dos animais com muito carinho.

Roberto soltou o ar. Havia ensaiado diante de um espelho o jeito de contar aquela história:

— Numa tarde, o patrão resolveu ir fazer um negócio numa cidade próxima. Queria comprar umas matas para usar a madeira na fabricação de trenós. Era um dia muito frio de inverno, com temperatura de dez graus negativos. Tudo estava coberto de neve. O patrão vestiu dois casacões de pele e embarcou sozinho no trenó. Mas sua esposa mandou que levasse Nikita junto com ele. Então, o empregado vestiu um sobretudo puído e partiram.

Um guardador de carros deixou o estacionamento e se aproximou, intrigado. "O que será que este menino está fazendo aqui, com um livro debaixo do sovaco?", perguntou-se. "Será pregador de alguma religião?"

— De saída, eles tiveram dificuldade de enxergar a estrada por causa da tempestade de neve — continuou Roberto. — Depois, seguiram em frente até encontrar uma aldeia de poucas casas. Compreenderam então que tinham se desviado da estrada. Os moradores insistiram para que eles passassem a noite ali, mas o comerciante se recusou. Disse que, como a distância era pequena, não se perderia de novo. Aí, mais uma vez, partiram. A nevasca estava ainda mais forte. Eles se guiavam por uns tocos ao lado da estrada, embora fosse difícil enxergá-los.

No estacionamento, um carro se movimentou. Parado a uns três metros de Roberto, o guardador ergueu os olhos para o automóvel, mas não foi até lá pegar sua gorjeta.

— Dali a pouco começou a escurecer — seguiu Roberto, passando a mão pela testa suada. — Logo, Brekunov descobriu que estava perdido de novo. Aí, Nikita pediu a ele as rédeas do trenó e deixou que o cavalinho, chamado Mukorti, escolhesse o caminho. E dizia: "Veja, patrão, como ele é esperto. Só falta falar. Veja como move as orelhas. Sabe para onde está indo". Bem, não havia passado nem meia hora quando eles chegaram de novo a um ajuntamento de casas. Logo perceberam que tinham voltado à aldeia de onde haviam saído. Os moradores os convidaram a descer. Brekunov aceitou uns copos de vodca, enquanto Nikita tomou cinco xícaras de chá. Mais uma vez, as pessoas insistiram com o comerciante para que passasse a noite ali. Ele disse que o que tinha a fazer era urgente. "Em negócios, o que a gente perde em uma hora depois não recupera nem em um ano."

Um mendigo, com um saco ao ombro, parou ao lado do guardador de carros. Era um homem de uns sessenta anos, barba grisalha desgrenhada e olhos avermelhados. Observou atentamente os que estavam nos bancos e depois concentrou a atenção em Roberto.

— Já no pátio da aldeia, eles perceberam que a tempestade de neve estava ainda mais forte. O vento era terrível, e a escuridão era total. Nikita não queria seguir, mas como estava acostumado a obedecer aos patrões, não disse nada. O cavalinho avançava de má vontade. Brekunov estava empolgado, aquecido pela vodca que havia bebido. Mas não demorou muito e ele percebeu que estava perdido pela terceira vez. Nikita desceu para ver se achava o caminho. A neve chegava até os joelhos dele. O trenó estava preso entre uns barrancos. "Estou muito cansado, patrão, e o cavalinho também. Ele não pode mais nem com a alma dele. Vamos ter de passar a noite aqui", disse Nikita.

O mendigo abaixou-se e sentou no gramado. Abriu o saco e ficou procurando alguma coisa no interior dele.

— Quando são surpreendidos por uma nevasca, os russos constroem abrigos e se enfiam dentro deles. Bem agasalhados numa toca, podem sobreviver a uma noite no frio. Foi isso que Nikita fez. Desmontou o trenó e ergueu os varais para o alto. Se ficassem enterrados na neve, alguém veria os varais depois. Em seguida, cobriu as costas do cavalo com um abrigo. O patrão estirou-se dentro do trenó, que era muito pequeno. Por fim, Nikita sentou-se de costas contra o trenó, encolhido dentro das suas roupas velhas.

Pedrisco levantou os pés para cima do banco e abraçou os joelhos ossudos. Parecia sentir frio, apesar do calorão.

Bochechas vermelhas, Roberto bufou para ver se amenizava o calor que estava sentindo e continuou:

— Deitado no trenó, bem agasalhado nos seus dois casacões de pele, o patrão não conseguiu dormir. Pensava nos negócios, no dinheiro que poderia ganhar se comprasse as matas. Mas também lamentava não ter aceito o convite para dormir na aldeia. "Que vendaval! A neve vai nos sepultar e não poderemos sair daqui de manhã." Como a lua clareasse um pouco o céu, Brekunov pôde ver Nikita encolhido junto ao trenó e pensou: "Tomara que ele não morra". E assim o tempo foi passando. Quando já achava que o dia estava por nascer, o comerciante acendeu um fósforo e olhou o relógio. Era apenas meia-noite.

O mendigo retirou do saco dois velhos casacos. Depois, vagarosamente, os vestiu. Um por cima do outro.

— Agitado, o comerciante não conseguia dormir. Ele ouvia ruídos estranhos. Imaginava que lobos estavam se aproximando. De repente, levantou-se. "Não vou ficar aqui deitado esperando a morte. O cavalo seguirá adiante se eu montar nele. O cavalo não se importa com a própria vida. Para ele, tanto faz morrer ou não." Com muito sacrifício, Brekunov montou no cavalinho e o tocou na direção que julgava estarem as matas. Ao sair do trenó, ele esbarrou em Nikita, que acordou. O servo estava quase morto de frio. Ele também tinha pensado na morte, mas não ficara apavorado. Para ele, a morte não era terrível nem desagradável, dependia apenas da vontade de Deus, que lhe havia dado a vida. Então, com grande esforço, Nikita deitou-se no trenó, de onde havia saído seu patrão.

Com as mãos fechadas diante do peito, como quem sustenta umas rédeas, Roberto prosseguiu o conto:

— O comerciante cavalgou durante muito tempo, até que o Mukorti afundou num montão de neve. Quando Brekunov desmontou, o cavalo se afastou bem devagarinho. O homem foi atrás dele, caminhando com dificuldade, porque estava enroupado e suas pernas se enterravam na neve. Depois de muito tempo de caminhada, avistou o cavalo. Mukorti estava ao lado do trenó. Ou seja, tinha voltado para o lugar de onde haviam saído. Brekunov se aproximou do trenó e viu Nikita deitado nele. Tentou fazê-lo levantar-se, mas Nikita disse: "Estou morrendo, patrão. Sinto que vou morrer". O comerciante retirou com as mãos a neve que cobria o seu empregado. Em seguida, abriu os casacões e deitou-se sobre Nikita para aquecê-lo. Pouco depois, Nikita disse: "Estou melhor, patrão. Já não sinto tanto frio". Por horas e horas, os dois ficaram abraçados para tentar vencer o frio.

O mendigo moveu a cabeça, como que concordando.

— No dia seguinte, por volta do meio-dia, vendo os varais enterrados na neve, uns homens começaram a cavar. Primeiro encontraram o corpo do comerciante. Brekunov estava morto, mas Nikita estava vivo. Quando o despertaram, o servo achou que havia morrido e já estava num outro mundo. Aí, foi levado ao hospital, e lá lhe amputaram três dedos do pé. Também Mukorti estava morto. Bastara aquela noite no gelo para que o cavalinho ficasse só ossos e pele.

25 A MAIS TRISTE DENTRE AS HISTÓRIAS TRISTES

— A história contada por Roberto, intitulada "Servo e Patrão", foi escrita pelo russo Léon Tolstói — disse Olga, pondo-se de pé. Depois, dirigindo-se à secretária da escola, perguntou: — O que a senhora achou, dona Rosa?

— Triste, mas bonita — disse Rosa, abanando-se com um leque. — É uma história edificante. Mostra como o patrão, mesmo sendo ganancioso, salvou seu empregado. Ninguém é totalmente mau.

— E você, Pedro Luís, o que achou?

— Que o patrão era teimoso como uma mula. Meu pai é como ele: quando bota uma ideia na cabeça, ninguém tira.

— Mariana, o que mais a impressionou na história?

— A neve, dona Olga. A neve é uma coisa muito romântica. Acho que não deve existir lugar mais bonito para se namorar do que um parque coberto pela neve.

— Tiago?

— Fiquei querendo andar de trenó. Deve ser superlegal deslizar a mil por cima da neve. Mas eu também gostei muito do Nikita porque ele era legal com o cavalinho.

— Henriqueta, e você?

— Eu acho que deve ser uma coisa muito asquerosa morrer de frio. Quando faz um friozinho aqui na cidade, uns quinze graus, eu peço pra morrer. Me enfio debaixo das cobertas, quase entro pra dentro do colchão. Imagina dez graus abaixo de zero! Congela os pensamentos da gente!

— Letícia?

— Eu me impressionei com a ganância. Bem que o comerciante podia esperar até o dia seguinte, mas ele estava enlouquecido pela ambição. As pessoas gananciosas são assim: só têm descanso quando morrem.

— Muito bem — disse Olga. — Que tal caminharmos até uma sorveteria? Vocês devem estar com muito calor.

Antes que os estudantes deixassem os bancos, o mendigo, com um movimento muito ágil para a sua idade, pôs-se de pé. Jogou o saco ao ombro e disse:

— Não pediram a minha opinião, mas eu preciso falar. Sou um cidadão como qualquer outro, só que sem documentos. O tal de Nikita estava mesmo com razão. A morte não é tão terrível quanto as pessoas pensam.

Virou as costas e se afastou, a passos largos.

Olga dirigiu-se ao guardador de carros, que continuava parado onde estava desde o início:

— E você, rapaz, que achou da história?

— Eu?

— Sim, você mesmo.

O rapaz olhou para o céu, torceu a flanela seca que tinha na mão, e disse:

— Prefiro morrer de calor do que de frio.

A resposta foi tão estranha que vários começaram a rir.

Envergonhado, o rapaz virou-se e correu para o estacionamento.

Então, os integrantes do clube começaram a andar em direção à sorveteria, conversando animadamente.

De repente, Olga anunciou:

— Na próxima semana, não haverá suspense. A narradora será Henriqueta.

— Ah, não sei se vou dar conta, dona Olga. Tenho uma memória péssima e minha voz é horrorosa, esganiçada.

— Todos já leram, Henriqueta. Chegou a sua vez. Você vai contar aquela que é, na minha opinião, a mais triste dentre as histórias tristes.

— Credo! Garanto que vou morrer de tristeza!

26 Um Monte de Perguntas de uma só Vez

Roberto e Rosa deixaram juntos a sorveteria.

— A senhora vai me contar agora o que descobriu sobre Olga?

— Não devia, mas vou — a mulher espichou os lábios, magoada. — Ela mora na cidade de São Paulo. Parece que é arquiteta famosa por lá. Toda sexta-feira pega o carro e vem até Campina Bela, pra passar o fim de semana.

— O que ela faz em Campina Bela?

— Nada. Pelo que descobri, fica em casa cuidando das plantas do jardim. Não passeia, não faz compras...

— Ela é sozinha, dona Rosa?

— Parece que sim. Minhas amigas de Campina Bela nunca viram ninguém com ela. Nem marido nem filhos.

— Mas como é que ela conseguiu criar o Clube na nossa escola?

— Só pode ser amiga do professor Carolino.

— A senhora já tentou falar sobre isso com ele?

— Mil vezes. Mas ele desconversa. Às vezes acho que ele até ri da minha cara.

— Então, por que a gente não fala diretamente com dona Olga?

— Você está maluco, menino?!

— Maluco eu estava quando aceitei bancar o detetive... A senhora continua desconfiada dela, daquele negócio de pessimismo?

— Já nem sei mais. A história de hoje até que foi decente, educativa.

— A senhora achava até que ela estava tentando nos passar uma mensagem secreta...

— Eu tinha motivos! Veja bem: a história daquele funcionário idiota foi contada nos degraus da Prefeitura, a do artista da fome foi contada num restaurante e a do assassinato do bebê, na frente do cemitério. Isso me deixou encucada.

— São só histórias tristes, dona Rosa. Todas foram escritas há muito tempo.

— Teve ainda a história do pai que matou o filho... Será que dona Olga tem fixação por morte? Será ela própria uma assassina? Ando cabreira, Roberto, juro.

— Pode ser que ela esteja precisando de ajuda — Roberto baixou a voz. — Parece que é uma pessoa solitária. Será que ela criou o Clube pra arranjar uns amigos?

— Ora, por que ela não consegue amigos em São Paulo? — perguntou Rosa, ríspida. — Lá há milhões de pessoas! Por que se refugiou em Campina Bela? Por que não se juntou a pessoas da idade dela? Por que se aproximou dos jovens?

27 ANGÚSTIA

No sábado seguinte, um dia nublado, cinzento, os integrantes do Clube dos Leitores de Histórias Tristes reuniram-se na escadaria do Teatro Municipal.

A primeira a chegar ao local foi Quêta. Pontualmente às nove horas, ela desembarcou por lá. Chegou esbaforida, como se estivesse atrasada. Depois, com as mãos às costas, ficou andando de uma ponta à outra da calçada, sempre falando em voz baixa. Estava repetindo para si mesma a história que iria contar.

— Acho que vou ter um colapso nervoso — disse ela para Pedrisco, o segundo a chegar, às nove e meia.

— Estou morrendo de angústia! — exagerou, depois, para Letícia.

— Meu coração vai explodir! — anunciou para Mariana.

Como sempre, Olga chegou em cima da hora e comandou:

— Vá em frente, Henriqueta!

A loirinha soltou um suspiro de quase um minuto, sacudiu o rabo de cavalo dourado, ergueu o narizinho arrebitado bem para o alto e começou a narrar:

— Era uma vez, na Rússia de antigamente, um cocheiro de trenó chamado Jonas Potapov. Num fim de tarde, ele estava parado no ponto, sentado na boleia, encolhido, coberto de neve, quase morto de frio. Parecia uma estátua branca. Na frente dele estava seu cavalinho, que era muito magro e fraco. De repente, chega um homem e ordena a Jonas que vá para a rua Viborgskaia. O cocheiro olha de rabo de olho e vê que se trata de um militar. O trenó parte. Na rua, as pessoas xingam Jonas: "Olhe por onde anda, velho, você não sabe guiar?". O militar diz: "Que

gente canalha, gostam de esbarrar no cavalo, parece que querem se enfiar debaixo do trenó". O cocheiro resmunga alguma coisa e o militar pede que ele fale alto. Jonas gagueja: "A... acontece... perdi... m-meu filho... esta semana". O militar pergunta de que ele morreu. O cocheiro responde: "Acho que foi de febre. Passou três dias internado lá no hospital. Deus quis". O militar o interrompe, dizendo: "Vamos, assim não chegaremos lá hoje".

Um motorista de táxi, do ponto que funciona em frente ao Teatro, saiu do seu carro e caminhou para perto de Quêta. Embora estivesse de costas para a menina, era fácil perceber que ele desejava escutar o que ela dizia:

— Depois que o militar desembarca, Jonas fica parado de novo, imóvel, encurvado. De repente, rapazes param junto ao trenó, trocando empurrões e palavrões. Dois são altos e o terceiro é baixo e corcunda. O baixinho diz que desejam ir até a ponte Politzéiski, mas que só aceitam pagar vinte copeques. É pouco dinheiro, mas, mesmo assim, o cocheiro aceita. O trenó parte. Os dois altos vão sentados. O baixinho fica de pé com o rosto perto do pescoço de Jonas, debochando: "Que chapéu, hein, meu irmão? Certamente é o pior chapéu de São Petersburgo". O cocheiro só ri. Com raiva, o baixinho diz: "Manda com força o chicote no lombo deste pangaré!".

A voz que Quêta inventou para o baixinho é áspera, desagradável.

Um cliente se aproxima do táxi parado. O motorista move o corpo, mas não sai do lugar. Com um gesto de mão, manda que o homem pegue o segundo carro da fila.

— Durante a viagem, os rapazes continuam a dizer palavrões. Estão bêbados. O baixinho diz para Jonas: "Vamos, peste velha, bata com força neste cavalo". O cocheiro ri e pensa assim: "Ainda bem que a solidão que eu estava sentindo vai desaparecendo". Aproveitando uma pausa na conversa dos jovens, Jonas diz: "Esta semana perdi meu filho". O baixinho sacode os ombros e responde: "Todos vamos morrer um dia". Depois, dá um tapa forte no pescoço do cocheiro e diz: "Vamos, velho, chicoteie com força!". Um dos rapazes altos pergunta ao cocheiro: "Você é casado, velho?". Jonas responde: "Agora só tenho uma mulher, a terra fria. Lá na minha casa, a morte errou de porta: entrou no quarto do meu filho".

Quando imitava o baixinho, Quêta encolhia-se; para imitar a voz do rapaz alto pôs-se na ponta dos pés.

Um segundo cliente para junto ao táxi, mas o motorista não arreda pé. De novo, ele indica ao homem que pegue outro veículo da fila.

— Os rapazes desembarcam e Jonas fica mais uma vez parado junto à calçada. Olha para a rua movimentada e se pergunta se não haverá, entre toda aquela gente, uma só pessoa que possa escutar o seu desabafo. Sente uma angústia tão imensa que, se saísse de seu peito, ela certamente inundaria o mundo. De repente, o cocheiro vê o zelador de um edifício. Resolve puxar conversa com ele. Pergunta: "Que horas são, meu amigo?". O zelador responde irritado: "Mais de nove da noite. Agora, trate de sair daqui da frente do edifício. Arranje outro lugar para estacionar o seu trenó".

O motorista de táxi girou o corpo e ficou de lado para a narradora, observando-a pelo canto do olho.

— É muito tarde. Mesmo tendo ganhado pouco dinheiro durante o dia, Jonas resolve ir para a pensão, onde passa a noite junto com outros cocheiros. Quando ele diz "para casa", o cavalinho parte. Já sabe o caminho. Na pensão, o ar é abafado, sufocante. Há gente dormindo em cima dos bancos e no chão. Jonas se lamenta: "Voltei cedo demais para casa. Não ganhei nem para a aveia do cavalo". Os homens roncam. De repente, o cocheiro vê que um rapaz se levanta para beber água. Aproxima-se dele e pergunta se está com sede. O rapaz concorda com um movimento de cabeça. Jonas aproveita aquele gesto para dizer: "Pois é, irmão, perdi meu filho esta semana, no hospital, que coisa!". Quando olha para o lado para ver a reação do rapaz, descobre que ele já está dormindo. Então, se levanta, agitado. Vai fazer uma semana que perdeu o seu filho e ainda não conseguiu contar o caso a ninguém. Precisa desabafar, descrever o sofrimento do rapaz, a ida ao hospital, o enterro. Jonas gostaria de contar a história para uma mulher. As mulheres sempre se emocionam e choram, são bobas. Ele vai até a cocheira. Passa a mão no focinho do cavalo e diz: "Você sabia, eguinha, que meu filho Kuzmá não existe mais? Pois é, foi-se para o outro mundo. Imagine, por exemplo, que você tem um potrinho. Então, de repente, esse seu potrinho vai para o outro mundo. Isso dá pena, não dá?". O cavalo vai mastigando e escutando. De vez em quando sopra na mão do seu dono. Aí, o cocheiro se anima e conta todo o caso para o animal.

O motorista de táxi limpa uma lágrima que lhe escapou do olho e se encaminha para o carro, onde um cliente já o espera.

28 É APENAS MAIS UM MISTÉRIO

Atendendo a uma ordem de Olga, os integrantes do Clube atravessaram a rua diante do Teatro, em silêncio, cabisbaixos. Iam lanchar no Pé Sujo, mas não pareciam muito entusiasmados.

Quando pegaram o passeio que corta a praça em direção ao Mercado, Olga perguntou:

— Quem será o primeiro a dar a sua opinião?

— É a história de uma terrível solidão — disse Letícia, afoita. E logo suas bochechas se tingiram de vermelho, como se tivesse dito uma asneira.

— A mais completa e total solidão — acrescentou Tiagãozão, sacudindo a cabeça.

— A história que Quêta contou hoje também foi escrita por Tchekhov, e se chama "Angústia" — informou Olga.

— As pessoas precisam ter com quem desabafar — comentou Pedrisco. — Se não falam, morrem sufocadas.

— Se o melhor da vida é ter um filho — filosofou Rosa —, o pior deve ser perder um.

Pensativos, seguiram até o restaurante. Nem a recepção carinhosa de seu Manuel nem o cheiro dos bolinhos de bacalhau os tirou daquela melancolia.

— Historinha danada de cruel — desabafou Roberto, enquanto sentava.

— Dizem que a solidão atinge mais as pessoas no mundo moderno — comentou Rosa. — Mas eu não sei se é verdade.

Logo todos chegaram a um consenso: sempre, desde a mais remota antiguidade, houve pessoas que, em certos momentos de suas vidas, se viram totalmente sozinhas diante de grandes dores e sofrimentos.

Vieram os bolinhos de bacalhau. Todos comeram, mas com uma ponta de remorso. Lembravam do pobre Jonas que, naquele dia tenebroso, não havia ganhado o suficiente nem para alimentar seu cavalo.

Às onze e meia, Olga levantou-se e disse:

— Preciso ir andando. Hoje, dona Rosa vai comigo. Preciso dar umas explicações a ela, que vai narrar a próxima história. Aliás, o Roberto pode vir também. Ele e dona Rosa vão sempre para o mesmo lado, pegam o mesmo ônibus.

Rosa lançou um rápido olhar a Roberto.

Depois que a conta foi paga, todos se despediram. Olga, Rosa e Roberto se encaminharam para a rodoviária.

— Como foi a investigação de vocês? — perguntou Olga, de repente.

— Que investigação? — quis saber Roberto, num fiapo de voz.

— A investigação sobre a minha vida. Descobriram muitas coisas comprometedoras?

Depois de engolir em seco por três vezes, cara rubra de vergonha, Rosa respondeu, gaguejante:

— N-Não foi por mal. A gente queria saber... Hoje em dia, tem muita gente estranha, criminosos... Foi pelos meninos... Eu estava preocupada, não tinha informações suficientes.

— Sei. Mas o que descobriram? — Olga se esforçava para não rir. — Que eu sou uma fria assassina que se refugiou em Campina Bela pra escapar da polícia?

— Descobri que a senhora é de São Paulo, arquiteta, e que passa os fins de semana em Campina Bela.

— É pouca coisa para quem teve de usar um salto muito alto, perigoso até...

— Quando a senhora nos descobriu? — perguntou Rosa.

— No dia em que vocês me seguiram até Campina Bela. Já no ônibus, achei estranho que aquele menino vestido de preto não quisesse receber de volta a revistinha. Que garoto deixa pra trás seu gibi? Depois, ouvi uma voz conhecida, a sua, dona Rosa, num rosto desconhecido. Fiquei mais intrigada ainda. Em Campina Bela, quando saía ao jardim pra cuidar das minhas flores, voltei a ver o menino vestido de preto passando diante de minha casa. Ora, quase nunca passa alguém por ali porque aquela rua só leva a uma chácara. Na hora, eu pensei: aí tem coisa. E o que foi que eu fiz? Contra espiões, espionagem. Entrei de novo em casa e, pelo portão dos fundos, saí para a rua que passa por trás de minha casa. Correndo, fui até perto da rodoviária. Escondida atrás de uma árvore, vi quando Roberto tirou o boné e quando a senhora desceu dos sapatos. Então, compreendi...

O vermelhão que havia tomado conta do rosto de Rosa Espíndola descia-lhe agora pelo pescoço.

— Depois, na semana seguinte, descobri que muitas pessoas estavam pegando informações sobre mim com meus vizinhos. Aí, pensei, Rosa e Roberto estenderam uma rede de espionagem sobre a minha vida. Vou entregar os pontos.

— Desculpe, dona Olga! Era pra proteger os meninos.

— Não precisa se desculpar. Exagerei no mistério. Achei que se eu fosse uma figura desconhecida para os meninos isso aumentaria o interesse deles pelo Clube. Mas eu não podia imaginar que desencadearia uma investigação detetivesca.

Estavam diante da estação rodoviária. Olga estendeu um envelope à Rosa:

— Aí dentro há uma carta minha aos integrantes do Clube. Há também um conto digitado em computador. É uma história triste também. Mas o nome do autor não está escrito nele. Na próxima reunião, você lerá o conto e, depois, a carta.

Rosa pegou o envelope.

A fundadora do Clube abraçou Roberto, deu-lhe um beijo na testa e, sorrindo, disse:

— Aquela roupa preta lhe caiu muito bem. Você ficou parecendo o Batman adolescente antes de entrar para a academia de ginástica.

29 Um Menino Pálido, Vestido só de Calção

No sábado seguinte, reuniram-se mais uma vez, mas num local estranhíssimo. Olga exigira que se concentrassem no centro da passarela de pedestres da Ponte Nova.

A bela ponte de concreto, com grandes arcos, espelha-se nas águas barrentas do rio. Tem quatro pistas, por onde passam os carros, e uma passarela lateral, destinada aos pedestres.

Havia chovido muito na noite anterior e o rio rolava furioso, lá embaixo, batendo-se contra as paredes das margens.

— Que ideia mais maluca, meu Deus do céu! — comentou Quêta, observando a correnteza forte. — Se esta ponte se arrebenta, aonde vamos parar?

— Os bondosos vão pro céu; os malvados, pro inferno — brincou Roberto.

Às dez em ponto, Rosa Espíndola tirou da bolsa duas folhas dobradas, ajeitou os óculos no nariz e preparou-se para ler.

— Calma! — pediu Pedrisco. — Dona Olga ainda não chegou.

— Nem vai chegar — anunciou Roberto. — Não virá nunca mais.

— O que é que você quer dizer com isso, garoto nojento? — perguntou Quêta.

— Que ela não vem mais, ora! Ela me disse isso.

— Ela não pode nos abandonar assim, sem mais nem menos! — choramingou Mariana.

— O Clube vai perder a graça, sem ela — comentou Tiagãozão.

— Calma, garotada! — disse Rosa. — Tenho uma cartinha dela, que vou ler depois de contar a história. A carta explica tudo.

A seguir, a secretária da escola encaixou no nariz os seus conhecidos óculos cortados pela metade e começou a ler:

— Era uma vez uma mulher. Digamos que se chamava Maria. Um dia ela teve um filho, um menino. Que podem dar os recém-nascidos às mães, além de sobressaltos e sustos? Nada. Nas febres, ela se colocava à cabeceira do berço dele e atravessava as noites em claro. O tempo foi passando. O menino caminhou. Um dia, pela primeira vez, brincou na rua com outros pequenos. Numa tarde de muito sol, foi pela primeira vez à escola. E o tempo ia passando. Fez nascer na mulher os primeiros cabelos brancos e riscou algumas rugas em torno dos olhos dela.

Mariana suspirou feliz. Aquela parecia ser uma história de amor. Finalmente!

— Era um menino como todos os outros. Brincava o tempo todo, mergulhado no pequeno mundo do seu quarto, no grande mundo da rua onde morava. Nos domingos de sol, na praça, deslizava pelos escorregadores e voava nos balanços. Nos dias chuvosos, refugiado na sala, ele via a chuva escorrer pelo asfalto, formar pequenos rios junto da calçada. Era um garoto de revoltos cabelos encaracolados que, todo dia, ia chutando tudo o que havia sobre a calçada — latas, garrafas, baganas de cigarro e tampinhas — no caminho para a escola. À noite, quando reencontrava a mãe, dava-lhe beijos rápidos e desatentos. Mães são como o ar, estão sempre presentes, mas não prestamos atenção nelas. Só quando nos faltam. Então, a mulher abria um livro e contava uma história para ele. Mesmo nos dias em que estava muito cansado, o menino jamais dormia antes do final da história.

Rosa tinha de falar bem alto para vencer o ronco do rio:

— Falemos um pouco desta mulher. É como todas as outras: sempre, em todos os momentos, pensa no filho. O que estará ele fazendo agora? Como muitas mulheres, é desatenta, passa o dia envolta num torvelinho de pensamentos desencontrados, cantarolando tristes cantigas. O que será do meu filho quando adulto? Um belo homem, sem dúvida. Alto, forte, elegante. Dirigirá um carro veloz pelas grandes avenidas. Será disputado pelas garotas. Um galã de cinema. Certamente vai casar com a moça mais bonita da cidade e terá muitos filhos lindos.

Com passos lentos, um soldado cruzou a passarela. Curioso, lançou um olhar à mulherzinha que lia concentrada:

— A mulher é casada com um homem que fala pouco e sorri ainda menos. Quando jovem, ele gostava de dançar e passear. Mas agora passa os dias trabalhando. À noite, chega cansado, e raramente beija o filho. Deixa-se cair no sofá, o rosto encoberto por uma permanente nuvem de preocupação. Mais tarde, na cama, de olhos abertos, a mulher relembra os tempos de namoro. Caminhadas por entre as árvores da praça e sorvetes nas noites de verão. Beijos intermináveis nas noites de lua e bailes que terminavam ao raiar do dia. Carícias.

Mariana sorri. Pela primeira vez uma história lida no Clube tinha uma passagem com um certo romantismo. "Carícias, que palavra mais linda", pensou a menina.

— Um dia, eles — homem, mulher e filho — recebem um convite para passar o domingo num sítio à beira do rio. De manhã cedo, partem pelas estradas que vão se dissolvendo, trêmulas, sob o sol forte. Chegando lá, fazem um longo passeio pela mata que margeia o rio. É um rio estreito, incansável e sombrio, que, de longe em longe, se abre em remansos.

Insensivelmente, meninos e meninas voltam os olhos para as águas barrentas que correm sob a ponte.

— Ao meio-dia, é servido o demorado almoço, as conversas se arrastam preguiçosas. Inquieto, o menino deseja atender logo o chamado secreto do rio. Os adultos resolvem deitar um pouco para descansar daquele calorão danado. A mulher deita, mas não consegue dormir, sufocada. Um pressentimento, uma coisa ruim. O silêncio é assustador. Então, de repente, ela dá um pulo do sofá e corre para o terreiro. Grita pelo filho, mas ele não responde. Chama cada vez mais alto. Os amigos e o marido a cercam.

Enfileirados, os membros do Clube estão todos debruçados no parapeito da ponte, olhando enfeitiçados para a torrente.

— Então, a mulher corre para a beira do rio. Tropeçando nas pedras e raízes, segue-lhe o curso, gritando pelo filho. Chega ao trecho onde o rio se alarga. A água, que é quase imóvel nas margens, parece correr mansa no centro do rio, mas ali, pouco abaixo da superfície, esconde-se um redemoinho furioso. Sobre a terra úmida, a mulher encontra os tênis e a camiseta do menino. Aí, ela se deixa cair de joelhos, com as mãos postas. Enquanto a amiga lhe passa a mão pelos cabelos, os homens voltam à casa, pegam o carro e saem em busca de socorro. Tempos depois, ouve-se a sirene do caminhão dos bombeiros. A mulher continua a rezar, ajoelhada, à sombra das verdes árvores.

As meninas olham para as margens do rio em busca de árvores que não existem. Os meninos correm os olhos em vão pelas ruas que ladeiam o rio à procura de um carro de bombeiros.

— Os bombeiros descem um bote do caminhão. Pelo meio das árvores, escorregando nas pedras musgosas, levam o pequeno barco até a água. Depois, escondidos por trás de moitas cerradas, tiram o uniforme. Vestidos apenas de calção, embarcam no bote. São três homens, o mais velho tem os cabelos totalmente brancos. Com óculos de mergulho, os dois mais jovens começam a procurar o corpo sob as águas escuras.

"Deve ter havido enchente em algum lugar", pensa Roberto, enquanto observa a correnteza do rio. De quando em quando, passa uma árvore com raízes à mostra.

— A mulher permanece imóvel, ajoelhada. Parece rezar, mas, na verdade, está discutindo com Deus. Quer saber por que, em todo o vasto mundo, havia Ele escolhido justamente o seu filho. Por quê? Não se cansa de perguntar. Rejeita os argumentos d'Ele. Rebate um por um. Houve até um momento em que Ele alegou que seu próprio filho tinha sido sacrificado na cruz. Ela enfureceu-se. Alegou, por sua vez, que aquele não era um argumento aceitável, já que ela era apenas uma mulher comum, pobre mortal.

Rosa suspira. Está rouca por ter de falar tão alto:

— E assim, durante a longa tarde, os bombeiros continuam a mergulhar. Vão ao fundo e só voltam de lá uma eternidade depois. O homem de cabelos brancos movimenta lentamente o barco, descrevendo círculos crescentes a partir do centro do rio. Os homens morenos deslizam como focas, somem na água marrom e voltam sacudindo negativamente a cabeça. Por fim, quando o sol começava a morrer por trás das árvores, um dos mergulhadores segurou-se na beirada do bote, ofegante. Depois, conversou em voz baixa com os outros. Então, juntos, os dois mergulhadores sumiram na água lodosa. Outra eternidade depois, voltam à tona. Aí, já eram três. Entre os homens havia um menino pálido, vestido só de calção, de braços abertos, com os dedos cerrados ainda retendo a lama mais negra do fundo do rio. O bombeiro dos cabelos brancos fez o sinal da cruz e isso foi a última coisa que a mulher viu naquele dia.

30 OS NOVOS MENDIGOS DE RAY BRADBURY

— Credo, que história mais tétrica! — disse Pedrisco.

— Pelo menos tem um pouco de romantismo, aquela parte do namoro — palpitou Mariana.

— Quando crescer, vou ser bombeiro — informou Tiagãozão.

— Você já cresceu demais, menino! — disse Quêta.

Houve uma risada geral.

— Quem é o autor do conto, dona Rosa? — perguntou Roberto.

— Vamos até o restaurante do seu Manuel — desconversou a mulher. — Dona Olga quer que a gente continue fazendo o mesmo que fez nos outros dias.

Em fila indiana, moveram-se em direção ao Pé Sujo.

— Essa história é parecida com a do cocheiro — disse Letícia. — A mulher também perdeu o filho.

— Quando era bem pequeno, eu adorava andar de balanço na praça — comentou Roberto. — Como o menino da história.

— Vocês notaram que há uma parte em que a mulher conta histórias pro garoto? — perguntou Rosa Espíndola.

— Claro!

— Esse é o ponto que mais nos interessa — acrescentou misteriosamente a secretária da escola.

No Pé Sujo, o português quis saber:

— Onde está nossa dona Olga?

— Ela foi fazer uma viagem — mentiu Rosa.

Os integrantes do Clube acomodaram-se nas mesas do fundo, de frente para a quitanda e para o açougue, e fizeram o pedido ao comerciante. Mas Rosa exigiu que os salgadinhos e os refrigerantes só fossem trazidos depois que ela concluísse a leitura da carta de Olga.

O português afastou-se lentamente, louco para poder espichar as orelhas a fim de escutar o que ia ser lido.

Rosa Espíndola tornou a acavalar no nariz seus ridículos óculos e principiou a ler:

— Queridos amigos do Clube dos Leitores de Histórias Tristes, a partir de hoje não voltarei mais a estar com vocês. Minha missão foi cumprida. Inoculei em vocês o vírus da leitura, que é uma variação do vírus da felicidade. Sigam em frente com o Clube. O trabalho de escolher novas histórias passa agora para vocês. Quem descobre uma bela história tem o dever de compartilhá-la com os outros.

Rosa retirou da bolsa um lenço. Passou-o pelos olhos úmidos, assoou-se fragorosamente e continuou a ler:

— A ideia de criar o Clube me veio aos poucos. No início do ano passado, perdi meu filho. Foi terrível. Passei alguns meses como se também estivesse morta, mergulhada num abismo onde só havia escuridão e silêncio. Não percebia a passagem dos dias e das noites. Perdi o interesse pela vida, pelo meu trabalho. Meu marido tentou me socorrer, mas ele não tinha a paciência necessária. Desistiu logo e se foi de casa. Aliás, há uns bons tempos já não nos amávamos mais. Vivíamos juntos, mas o único laço que nos unia era o amor pelo nosso filho. Quando ele morreu, rompeu-se o laço.

Mariana cobriu o rosto e começou a chorar. Se havia uma palavra que a arrebentava, era separação. Seus pais estavam separados há dois anos e ela ainda tinha esperança de que voltassem a ficar juntos.

— Então, meses depois, num certo dia, eu olhei para o céu e vi o Sol. Sentei diante do computador e rabisquei um conto contando o meu drama. A partir dali, recomecei a viver. Passei a escavar minhas recordações, que eram numerosas e muito bonitas. Uma delas era a mais persistente. Eu me via contando histórias para o meu filho. Sim, eu contava histórias desde quando ele era um bebê de berço e aparentemente não entendia o que eu falava. Eu me sentia de volta ao quartinho dele lendo livros com muitas ilustrações coloridas. Chegava a escutar a chuva na vidraça. Ouvia o vento. Os anos passavam e os livros tornavam-se mais grossos, com menos ilustrações. Saíam os bichinhos, entravam os piratas.

Roberto Santini assentia com a cabeça. Com ele havia sido daquele mesmo jeito. Só que na casa dele quem contava as histórias era o pai.

— Um dia, me veio à cabeça uma ideia maluca. Por que não inventar um mecanismo para incentivar nos jovens o gosto pela leitura? Por que não compartilhar minhas leituras mais preciosas? Por que não reproduzir as belas histórias que eu havia contado ao meu filho? Por essa época eu já havia alugado a casa de Campina Bela. Lembrei, então, que o diretor da escola de vocês havia sido meu colega na infância. Carolino é um homem muito inteligente. É bastante irônico, embora seja meio caladão. Quando lhe apresentei a ideia do Clube dos Leitores de Histórias Tristes, ele topou na hora. E sugeriu que, em vez de ler todas as histórias, eu passasse a responsabilidade da leitura a vocês. Aí, resolvemos exibir aquele cartaz para ver se o projeto ia em frente. Apareceram seis jovens candidatos e, mais tarde, dona Rosa.

— Fui o segundo a me inscrever no Clube — disse Pedrisco, orgulhoso, e foi fuzilado por um olhar feroz de Quêta:

— Cala o bico, pirralho!

Vários chiaram — shhhht! — e Rosa teve de fazer uma breve parada na leitura da carta. Depois continuou:

— Eu me empolguei com o Clube. Decidi, já no primeiro dia, que as histórias seriam contadas nas ruas da cidade. Escolhi contar a história do artista da fome dentro de um restaurante. Depois armei para que Mariana estivesse morrendo de sono ao contar a história de Varka. Vendo crescer o interesse de vocês pelas histórias, eu me sentia útil, feliz. Vivi dias maravilhosos enquanto escolhia as histórias e bolava meios de espicaçar a curiosidade de vocês.

— Eu quase morri de curiosidade umas mil vezes — disse Quêta.

— Cala, menina xarope! — chiou Pedrisco.

Rosa fulminou os dois com um olhar mortal. Se dissessem mais uma palavra, ela certamente pularia na jugular deles. Assustados, eles se encolheram nas cadeiras. Rosa concluiu a leitura da carta de Olga:

— Por esses dias está vencendo o aluguel de minha casa em Campina Bela. Estou partindo para um longa viagem ao exterior. Voltarei só daqui a alguns anos, se voltar. Reguem bem a plantinha que criamos juntos — o Clube dos Leitores de Histórias Tristes. Procurem outros jovens que gostem de ler. Sejam os novos mendigos de Ray Bradbury: devorem suas histórias prediletas, guardem-nas no coração. Por fim, peço desculpas por ter pedido a dona Rosa que lesse para vocês o conto que eu escrevi. Ele não tem o valor literário dos outros, mas eu achei que devia alguma explicação a vocês. E ali, resumidamente, falo da dor que me levou a criar o Clube. Para todos vocês, o mais carinhoso abraço de Olga Krapowski.

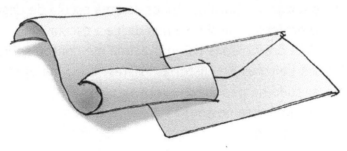

31 A Lista dos Contos Lidos por Lá

Passaram-se muitos anos.

O Clube dos Leitores de Histórias Tristes durou ainda algum tempo, mas, como tudo neste mundo, um dia ele acabou.

Os integrantes do Clube cresceram e espalharam-se.

Roberto Santini estuda Literatura numa universidade do Sul do país e mantém um site humorístico na Internet chamado "Ria, se possível".

Henriqueta Krüger rodou no primeiro vestibular que fez para Medicina. Mas, depois de passar um semestre estudando dezesseis horas por dia, foi aprovada no segundo. Em breve, será uma pediatra.

Pedrisco é jogador profissional de futebol de salão na Espanha.

Mariana faz um curso noturno de Psicologia porque durante o dia tem muito trabalho com seus dois filhinhos, gêmeos.

Tiagãozão cursa Engenharia Mecatrônica — seja lá o que for isso! — na Universidade de Brasília.

Letícia é modelo fotográfico. Continua tímida, mas tem um sorriso deslumbrante.

Rosa continua a trabalhar na mesma escola. Como agora seus sobrinhos já estão adultos, ela lê histórias — como voluntária — para os alunos de uma escola de cegos.

O professor Carolino ainda dirige a escola.

Uma das pessoas listadas acima me contou sobre o Clube dos Leitores de Histórias Tristes, e eu me apressei em botar tudo no papel.

Quem é essa pessoa?

Não conto.

Mas dou uma dica: um dos integrantes do Clube é meu parente. Só não posso informar se é sobrinho, filho, filha, primo ou prima.

Essa mesma pessoa que me contou tudo sobre o Clube me passou a relação dos contos lidos por lá.

Uma lista que eu quero compartilhar com vocês. Aí vai:

"Jardineiro Timóteo", e "Negrinha" de Monteiro Lobato; "Missa do galo", "Noite de almirante" e "Uns braços", de Machado de Assis; "O homem que falava javanês" e "A Nova Califórnia", de Lima Barreto; "Meu tio o Iauaretê", "A terceira margem do rio" e "A hora e a vez de Augusto Matraga", de Guimarães Rosa; "Gato gato gato", de Otto Lara Resende; "Negro Bonifácio" e "Contrabandista", de Simões Lopes Neto; "Assombramento", de Affonso Arinos; "Alvos", de Alcides Maya; "Afinação da arte de chutar tampinhas", de João Antônio; "A Vênus de Ille", de Prosper Merimée; "Diário de um louco" e "O nariz", de Gogol; "Mumu", de Turguenev; "O fantasma de Canterville", de Oscar Wilde; "Bartleby, o escriturário", de Herman Melville; "A célebre rã saltadora do Condado de Calaveras", de Mark Twain; "A porta aberta", de Saki; "Blumfeld, um solteirão de meia-idade", de Franz Kafka; "O jinriquixá fantasma", de Rudyard Kipling; "O crime da Rua Morgue" e "A queda da casa de Usher", de Edgar Allan Poe; "Bola de sebo", de Guy de Maupassant; e "A morte do funcionário", de Tchekhov.

Nasci na cidade de Pelotas em 1953 e, com menos de quinze dias, fui levado para Bagé, onde morei até os dez anos. Em 1963, voltei a Pelotas, onde cursei o antigo ginásio na Escola Técnica e saí com um diploma de radiotécnico, embora não soubesse montar nem mesmo um galena (rádio primitivo, com meia dúzia de peças).

Depois, para evitar problemas com Matemática, Física e Química, fiz o Clássico (uma das antigas versões do ensino médio, que preparava os que pretendiam fazer cursos universitários na área de ciências humanas) no Colégio Pelotense.

Em 1972, ingressei na Universidade Católica para cursar Jornalismo. Fui um estudante meio cabuloso: passava boa parte do tempo no bar da universidade contando histórias, jogando conversa fora. Na verdade, estava me preparando seriamente para cumprir minha verdadeira vocação: a literatura.

Formado no final de 1975, fui trabalhar em Florianópolis. Lá, gastava boa parte do meu salário com livros. Lia feito louco. Lia tanto que, um dia — enfeitiçado por um livro de Jack London —, desembarquei de um ônibus em movimento. Ganhei ferimentos vários e uma semana de repouso, que aproveitei para ler ainda mais.

Comecei a escrever ficção em 1981. No ano seguinte, venci um concurso nacional de romances em que concorreram quase 500 escritores. Com a grana do prêmio, voltei a Pelotas e passei um ano só escrevendo. Em 1984, mais uma vez ganhei um grande concurso de âmbito nacional, mas aí já na área do conto.

A partir de 1985 comecei a produzir textos para jovens. Quando escrevo novelas juvenis, penso em livros que certamente agradariam o leitor fanático que eu era já aos dez, onze anos. Acho que livros para jovens devem contar histórias movimentadas, divertidas, emocionantes.

Nos últimos vinte anos publiquei cerca de vinte novelas juvenis, todas com várias edições. Ganhei alguns prêmios, entre eles um Jabuti para a novela *Nadando contra a morte*. Legal mesmo é a reação da garotada quando vou às escolas para falar dos meus livros. A recepção ao meu trabalho — acho eu — mostra que venho conseguindo evitar a mais terrível praga literária: a chatice.

Lourenço Cazarré

Sobre o ilustrador

O paulistano Cássio Lima começou a desenhar cedo e ainda adolescente já trabalhava em estúdios de programação visual e propaganda. Trabalhou como ilustrador para diversas agências de publicidade até abrir seu próprio estúdio. Inquieto, atuou em diversas áreas: design gráfico, webdesign, propaganda e como coordenador de eventos culturais. No entanto, sua grande paixão é mesmo ilustrar, principalmente livros. Em seu site http://www.cassiolima.com é possível ver imagens de seu portfólio e o processo de criação utilizado nas ilustrações que faz.

COLEÇÃO JABUTI

- Adeus, escola ▼◆⬛🖽
- Amazônia
- Anjos do mar
- Aprendendo a viver ◆⌘⬛
- Aqui dentro há um longe imenso
- Artista na ponte num dia de chuva e neblina, O ✳★⬧
- Aventura na França
- Awankana 🖊☆⬧
- Baleias não dizem adeus ✳⬛⬧○
- Bilhetinhos ◯
- Blog da Marina, O ⬧🖊
- Boa de garfo e outros contos ◆🖊⌘⬧
- Bonequeiro de sucata, O
- Borboletas na chuva
- Botão grená, O ▼🖊
- Braçoabraço ▼₧
- Caderno de segredos ⬜◎🖊⬛⬧○
- Carrego no peito
- Carta do pirata francês, A 🖊
- Casa de Hans Kunst, A
- Cavaleiro das palavras, O ★
- Cérbero, o navio do inferno ⬛☑⬧
- Charadas para qualquer Sherlock
- Chico, Edu e o nono ano
- Clube dos Leitores de Histórias Tristes 🖊
- Com o coração do outro lado do mundo ⬛
- Conquista da vida, A
- Da matéria dos sonhos ⬛☑⬧
- De Paris, com amor ⬜◎★⬛🖽⬧
- De sonhar também se vive...
- Debaixo da ingazeira da praça
- Desafio nas missões
- Desafios do rebelde, Os
- Desprezados F. C.
- Deusa da minha rua, A ⬛⬧○
- Devezenquandário de Leila Rosa Canguçu ➜
- Dúvidas, segredos e descobertas
- É tudo mentira
- Enigma dos chimpanzés, O
- Enquanto meu amor não vem ●🖊⬧
- Escandaloso teatro das virtudes, O ➜☺

- Espelho maldito ▼🖊⌘
- Estava nascendo o dia em que conheceriam o mar
- Estranho doutor Pimenta, O
- Face oculta, A
- Fantasmas ⬧
- Fantasmas da rua do Canto, Os 🖊
- Firme como boia ▼⬧○
- Florestania 🖊
- Furo de reportagem ⬜◯◎⬛₧⬧
- Futuro feito à mão
- Goleiro Leleta, O ▲
- Guerra das sabidas contra os atletas vagais, A 🖊
- Hipergame ⌒⬛⬧
- História de Lalo, A ⌘
- Histórias do mundo que se foi ▲🖊◯
- Homem que não teimava, O ◎⬜◯₧○
- Ilhados
- Ingênuo? Nem tanto...
- Jeitão da turma, O 🖊○
- Lelé da Cuca, detetive especial ☑◯
- Leo na corda bamba
- Lia e o sétimo ano 🖊⬛
- Luana Carranca
- Machado e Juca ➜▼●☞☑⬧
- Mágica para cegos
- Mariana e o lobo Mall ⬛⬧
- Márika e o oitavo ano ⬛
- Marília, mar e ilha ⬛☜
- Matéria de delicadeza 🖊🖊⬧
- Melhores dias virão
- Memórias mal-assombradas de um fantasma canhoto
- Menino e o mar, O 🖊
- Miguel e o sexto ano 🖊
- Miopia e outros contos insólitos
- Mistério mora ao lado, O ▼◯
- Mochila, A
- Motorista que contava assustadoras histórias de amor, O ▼●⬛⬧
- Na mesma sintonia ⬧⬛
- Na trilha do mamute ⬛🖊☞⬧
- Não se esqueçam da rosa ♠⬧
- Nos passos da dança

- Oh, Coração!
- Passado nas mãos de Sandra, O ▼◯⬧○
- Perseguição
- Porta a porta ⬛⬛⬜◎🖊⌘⬧
- Porta do meu coração, A ◆₧
- Primeiro amor
- Quero ser belo ☑
- Redes solidárias ◯▲⬜🖊₧⬧
- Reportagem mortal
- romeu@julieta.com.br ⬜⬛⌘⬧
- Rua 46 ✝⬜◎⌘⬧
- Sabor de vitória ⬛⬧○
- Sambas dos corações partidos, Os
- Savanas
- Segredo de Estado ⬛☞
- Sete casos do detetive Xulé ⬛
- Só entre nós – Abelardo e Heloísa ⬛⬛
- Só não venha de calça branca
- Sofia e outros contos ☺
- Sol é testemunha, O
- Sorveteria, A
- Surpresas da vida
- Táli ☺
- Tanto faz
- Tenemit, a flor de lótus
- Tigre na caverna, O
- Triângulo de fogo
- Última flor de abril, A
- Um anarquista no sótão
- Um dia de matar! ●
- Um e-mail em vermelho
- Um sopro de esperança
- Um trem para outro (?) mundo ✖
- Uma trama perfeita
- U'Yara, rainha amazona
- Vampíria
- Vera Lúcia, verdade e luz ⬜◆◎⬧
- Vida no escuro, A
- Viva a poesia viva ●⬜◎🖊⬛⬧○
- Viver melhor ⬜◎⬧
- Vô, cadê você?
- Zero a zero

- ★ Prêmio Altamente Recomendável da FNLIJ
- ☆ Prêmio Jabuti
- ✳ Prêmio "João-de-Barro" (MG)
- ▲ Prêmio Adolfo Aizen - UBE
- ☜ Premiado na Bienal Nestlé de Literatura Brasileira
- Premiado na França e na Espanha
- ☺ Finalista do Prêmio Jabuti
- ◈ Recomendado pela FNLIJ
- ✖ Fundo Municipal de Educação - Petrópolis/RJ
- ◯ Fundação Luís Eduardo Magalhães

- ● CONAE-SP
- ⬧ Salão Capixaba-ES
- ▼ Secretaria Municipal de Educação (RJ)
- ⬛ Departamento de Bibliotecas Infantojuvenis da Secretaria Municipal da Cultura/SP
- ◆ Programa Uma Biblioteca em cada Município
- ⬜ Programa Cantinho de Leitura (GO)
- ♠ Secretaria de Educação de MG/EJA - Ensino Fundamental
- ☞ Acervo Básico da FNLIJ
- ➜ Selecionado pela FNLIJ para a Feira de Bolonha

- 🖊 Programa Nacional do Livro Did[ático]
- ⬛ Programa Bibliotecas Escolares
- ⌒ Programa Nacional de Salas de l[eitura]
- ⬛ Programa Cantinho de Leitura (M
- ◎ Programa de Bibliotecas das Esco[las] Estaduais (GO)
- ✝ Programa Biblioteca do Ensino Méd[io]
- ⌘ Secretaria Municipal de Educação
- 🖽 Programa "Fome de Saber", da Fa[...]
- ₧ Secretaria de Educação e Cultura d[e]
- ○ Secretaria de Educação e Cultura d[e]

CLUBE DOS LEITORES DE HISTÓRIAS TRISTES

LOURENÇO CAZARRÉ

Apreciando a Leitura

■ Bate-papo inicial

Quando Roberto Santini chegou à cidade, não podia imaginar as fantásticas histórias que viveria. Claro, quem haveria de dizer que um garoto saído da louca metrópole paulistana pudesse encontrar, tão longe, muito mais aventura, suspense e mistério? E foi só ele entrar para aquele estranho Clube....

No Clube dos Leitores de Histórias Tristes, ninguém é igual a ninguém. Cada um dos membros tem características incomuns e divertidas. E as histórias que são contadas então?! Uma mais intrigante que a outra...

E, ainda por cima, o mistério da sombria Olga Krapowski, que organizou o Clube... Quem é ela? O que quer com os garotos afinal?

■ Analisando o texto

1. Em seu primeiro dia de aula, Roberto deparou-se com um cartaz muito estranho que dizia: "Clube dos Leitores de Histórias Tristes (...). Inscrições só nesta primeira semana. Informações com dona Rosa". Como era esse Clube e que objetivos tinha?

R.: _____

_____

_____

2. Dona Olga Krapowski era uma mulher misteriosa que deixava todos os membros do Clube com a pulga atrás da orelha. Que peripécias foram capazes de aprontar Roberto e dona Rosa Espinhenta para conseguir saber mais a respeito da vida daquela sombria mulher?

R.: _____

_____

_____

_____

3. Você se lembra de todas as histórias que os integrantes do Clube contaram quando se reuniram e dos lugares onde foram contadas? Então, complete o quadro abaixo com as informações que faltam:

nome da história e autor	quem conta a história	lugar onde o Clube se reuniu para ouvir a história
Fahrenheit 451, de Ray Bradbury		
	Letícia	
		escadaria da Prefeitura
" O artista da fome", de Franz Kafka		
	Mariana	
		Porto
	Quêta	
conto da Olga		

Refletindo

11. De todas as histórias que foram contadas pelos membros do Clube, de qual você gostou mais? Procure ler o texto original que deu origem à apresentação que mais despertou seu interesse.

12. Pedrisco era fã dos livros. Para ele "igual livro, só bola!". Você concorda com ele? Qual a importância dos livros para a sua vida? E para a história da humanidade?

R.: _____

_____

13. "— Eu daria um dedo pra saber o que dona Olga vai contar àquela menina exibida – disse Quêta."
Henriqueta, a Quêta, era uma menina muito curiosa e um tanto exagerada. Você se considera uma pessoa curiosa como ela? O que mais desperta sua curiosidade? O que você gostaria de saber, mas ainda não descobriu como?

R.: _____

Debatendo

14. No conto "Mateo Falcone", por conta da traição do filho Fortunato, Mateo o executa em nome da honra da família.
A história causou desconforto entre os membros do Clube. Mariana, indignada, afirmou: "— Tinha traído o bandido, sim. Mas isso não era motivo pra matar". Você concorda com ela? Por quê? Existe algum motivo para que uma pessoa seja violenta com outra? Qual?
Com a ajuda do seu professor e de seus colegas, organize a classe em grupos que tenham opiniões em comum e realizem um debate sobre o assunto.

15. Segundo a secretária da escola, dona Rosa Espinhenta, a proposta do Clube era muito estranha, pois não haveria nem diplomas nem notas para os associados. "— Isso aqui é uma escola e nós sempre temos de avaliar o desempenho", ela disse. Você também é constantemente avaliado em sua escola, não é? Você acha que os métodos de avaliação que a sua escola utiliza realmente verificam se você aprendeu? Por quê? Que sugestões você daria para que as avaliações fossem aperfeiçoadas?

7. A primeira história contada por Olga, baseada no livro *Fahrenheit 451*, de Ray Bradbury, prevê um futuro sombrio para os livros: eles serão caçados e destruídos. Para você, como será o futuro dos livros? Eles serão substituídos por imagens, sons, máquinas? Escreva uma narrativa de ficção contando suas ideias ou faça um desenho ilustrando esse futuro criado por você. Apresente seu trabalho para a classe.

Pesquisando

8. "— Letícia é um belo nome — continuou a mulher. — Significa 'alegria' em latim. Você é alegre?"
Dona Olga Krapowski conhecia a origem do nome de Letícia. O ramo da ciência que estuda a origem dos nomes é conhecido como Onomástica. Você conhece o significado do seu nome? Procure em dicionários de nomes ou na Internet. Você acha que seu nome condiz com a sua personalidade? Por quê?

Ampliando

9. Além dos mistérios das histórias escolhidas por dona Olga, Roberto e dona Rosa elevaram o suspense do livro ao bancarem os detetives, disfarçando-se e seguindo escondidos a misteriosa Sra. Krapowski.
As histórias de detetives e de mistério sempre foram um dos gêneros mais apreciados da literatura. Personagens como Miss Marple, Hercule Poirot, Sherlock Holmes e autores como Agatha Christie e Edgar Allan Poe são queridos pelos leitores do mundo todo. Você pode conhecer mais sobre esse fantástico universo em ótimos livros e filmes. Algumas dicas de livros: *Aventura alucinante*, de Glauco Damas, *Uma janela para o crime*, de Cloder Rivas Martos, *Um e-mail em vermelho*, de Manuel Filho e Eliana Martins, bem como livros de Agatha Christie e Artur Conan Doyle. Dicas de filmes: *O enigma da pirâmide* (1985), de Barry Levinson, *A Pantera Cor-de-rosa* (1963), de Blake Edwards, e *Assassinato no Oriente Express* (1974), de Sidney Lumet.

10. Se você vivesse no futuro imaginado no livro *Fahrenheit 451*, que livro(s) gostaria de ver a salvo dos bombeiros incendiários? Por que esse(s) livro(s) é(são) tão importante(s) para você? Apresente-o(s) para a classe e fale sobre eles(s), a fim de todos poderem conhecê-lo(s).

Linguagem

4. "– E você Roberto, o que sentiu? / – Fome. Quase **morri de fome**."

"– Eu quase **morri de curiosidade** umas mil vezes – disse Quêta."

Nas passagens acima, o verbo "morrer" foi utilizado na construção de uma figura de linguagem que frequentemente utilizamos na fala do dia a dia: a hipérbole. Com base nos exemplos acima, você é capaz de explicar o que é uma hipérbole e dar dois outros exemplos?

R.: _____

_____

_____

_____

_____

■ Redigindo

5. Releia a carta que Olga escreveu para Mariana (página 63) e observe as marcas típicas desse gênero de texto, como a saudação inicial, o modo de introduzir o assunto, a assinatura etc.
Imagine que você é Mariana e que por algum motivo não poderá comparecer à reunião do Clube. Seguindo o modelo do texto que você observou, escreva uma carta para os outros membros do Clube explicando-se.

6. "Aos doze anos, Roberto era de estatura média, bem mais gordo que magro. Seus olhos azuis – que se movimentavam risonhos por trás das lentes – pareciam registrar tudo que viam. Seu rosto, pálido e redondo, estava sempre pronto para se abrir num sorriso."

"Tinha grandes olhos negros, encimados por sobrancelhas cerradas. A boca era grande, rasgada, de lábios bem delineados, mas o nariz era delicado."

Nesses trechos extraídos do livro, o autor descreve brevemente algumas características físicas de Roberto Santini e Olga Krapowski. Você seria capaz de fazer o mesmo com seus colegas? Escolha alguns e escreva pequenos textos descrevendo-os. Depois, leia-os para o restante da turma e veja se seus colegas conseguem descobrir a quem se refere cada descrição.

■ Trabalho interdisciplinar

16. Tiagãozão contou uma história muito interessante sobre a vida de um faquir. Os faquires são figuras antigas, comuns na Índia e em outros lugares da Ásia, muito famosos por sua habilidade de ficar longos períodos em jejum. A vida incrível dos faquires despertou a curiosidade de Henriqueta: "— Quanto tempo vive um homem sem comer?". Você saberia dar essa resposta a ela? Com o auxílio de seu professor de Ciências, procure saber a importância dos alimentos e da água para nosso corpo, bem como o valor de uma boa alimentação. Livros, enciclopédias e a Internet poderão ajudá-lo na pesquisa.

17. No conto "Olhos mortos de sono", do escritor russo Tchekhov, a vida da garotinha Varka era muito dura e desgastante. Isso fez Roberto lembrar que no Brasil ainda se ouve muito a respeito da exploração do trabalho infantil, que é crime! Você pode elaborar cartazes com textos, fotos e figuras que alertem sobre esse crime praticado contra nossas crianças e que deem sugestões de como evitar essa desumanidade. Peça ajuda para professores de Artes, Geografia e História.

18. Muitas das histórias contadas pelos membros do Clube se passavam na Rússia. Esse país já foi governado por imperadores conhecidos como Czares (nome inspirado nos imperadores romanos, os césares). Uma importante revolução derrubou esses czares e, de certa forma, mudou o rumo da História mundial. Procure saber mais sobre esse episódio, com a ajuda de seu professor de História ou consultando livros na biblioteca.

Para qualquer comunicação sobre a obra, entre em contato:

0800-0117875

SAC De 2ª a 6ª, das 8h às 18h

www.editorasaraiva.com.br/contato

Escola: _____

Nome: _____

_____

Ano: _____ Número: _____